U0048185

錢氏女

章詒和——著

楔子

肩上的東西是越發地重了，想歇口氣的張雨荷加快了腳步，好在轉個彎兒就到了梨樹坪——名字好聽，其實並無梨樹。也許曾經有過梨樹，但是現在沒有，有一塊大青石，石面兒又寬又平，被過往犯人歇腳、小憩，磨得亮亮的。

進入張雨荷眼簾的不是大青石，是坐在上面一個女子的背影，旁邊立著竹背簍。她身著桃紅色的舊襯衫，夕陽將上衣映襯得異常刺目。

好久沒見過這樣的顏色了！自從入獄服刑，張雨荷看到的都是灰色。灰色的圍牆，灰色的囚服，灰色的面容。心情，也是灰色的。

大概是聽到腳步聲，那女子驀然回頭——啊，張雨荷一陣驚喜，她太漂亮了：瓜子臉，杏仁眼，唇線清晰，鼻梁筆直，眉梢高挑，加上略顯消瘦的肩膀，簡直就是個中國畫裡的美人。

張雨荷把大挎包朝地上一扔，自語道：「累死我了。」

對方不作聲。

張雨荷問：「你也是從縣城返回勞改隊嗎？」

美人還是不作聲，看了看天色，把背簍提起。提背簍的時候，張雨荷發現她的手也漂亮，纖細而修長。她把肩膀套進簍繩，勁兒用大了，襯衫的後襟跟著扯了起來。張雨荷忽然看到：白漆印在褲子右臀部的兩個字：——省看。

張雨荷試探著問：「你的褲子不是勞改隊發的，好像是省公安廳看守所的。」

「是。我是從省廳發配來的。」

張雨荷說：「哎呀，我也是從省廳押送來的！」

她點點頭。

「你的襯衫顏色真好，是自己的吧？」張雨荷問道。

「是。只要有機會，我就穿自己的衣服。」美人笑了，笑時右腮現出一個淺淺的酒窩，更覺媚氣。她打量著張雨荷，說：「幹部很信任吧，許你單獨下山。」

張雨荷說：「我就是有點文化，所以派我外出買東西。」她指著大挎包，說：「這裡面全是幹部們的東西，從上海生產的搽臉油脂到男人穿的塑料涼鞋。」也不知從什麼時候開始，監管女犯中隊的幹部發現張雨荷很會買日用品，於是每隔幾個月，他們要派她進縣城採購。

美人說：「你能進縣城，多好。我來這裡有好幾年了，一次也沒去過。」
張雨荷指著背簍問：「背簍裡裝的是什麼？幹部不是也讓你一個人下山嘛。」
「我是省護校畢業的。今天派我下山到勞改醫院領藥，背簍裡全是藥。」
遠處是山巒，腳下是土路，沙沙作響的是兩人的足音。張雨荷猛地停住腳步，大叫：
「我知道你是誰了！」
「我是誰？」
「你是不是姓錢？叫錢茵茵。」
「你怎麼知道我？」她很吃驚，細長的眉毛挑得老高。
「我參加了你的公審大會，在省人民醫院禮堂。」
「你怎麼會去參加？」
張雨荷說：「我母親是醫院的大夫。況且你是出名的漂亮，後來又是出名的犯罪。」
張雨荷以為錢茵茵起碼要尷尬一陣。不想，她反而笑了，再次亮出美麗的酒窩。
那日，陽光熠熠，紅旗獵獵，醫院禮堂開宣判大會，早早就「滿座」了，跟看一場精彩的演出無異。人們熱情高漲，因為早就得知，有個漂亮的女護士要登場了。一起押上的還有她的情人，一個畢業不久的大學生。
場面比戲文好看，戲文是假的，審判是真的。

第一節

錢茵茵有個溫暖寬裕的家。

父親錢以賢，眉目清秀，修短合度，得體的舉止給人以溫厚謙和的印象。商科畢業後，在一家大公司供職。為人本本分分，做事兢兢業業。中日戰爭爆發，他滿懷一腔熱血參加國軍，本想拿槍殺敵，幹一番事業。但長官得知他是個專業人才，便把他調到軍需部門，一幹數載，因任勞任怨而被重用、提拔。到了一九四九年前夕，已擢升為軍需中校，還集體加入了國民黨。善於理財的他，幾年當中買房置地，娶妻生子。房子占地不大，但獨門獨院。妻子蔡氏來自家鄉，端莊大方。錢茵茵是他們唯一的女兒，視為掌上明珠。國軍大撤退的時候，錢以賢決定留下來，不去臺灣。他自信清白，自己是抗日的，又是文職人員。當然，更重要的原因是捨不得辛辛苦苦攢下的家業。他始終認為自己是靠技術吃飯的，而任何政權都需要有技術、有本事、具備專業能力的人，即使改朝換代，這些人員的飯碗也多有保障。再說了，幾百萬人馬忽地擠在一座孤島，能有好日子嗎？看老蔣那狼狽相吧。即使有好日子，恐怕也得再等幾十年。錢以賢留下了，一家人都留下了：除了蔡氏和茵茵，還有他的妹妹錢以智，人稱：老姑。

過硬的業務能力，錢以賢被安插在S省新華書店，從事計財工作。書店位於省會的中心位置，交通方便，商店林立。他很滿意這個單位，空閒了，還能到樓底的書店營業廳翻翻新書。錢以賢一如既往地認真，上班下班，一絲不苟。安穩日子沒過幾天，「肅反」運動來了。這個運動的宗旨是清查殘留在大陸的二百萬的土匪、惡霸、特務、反動黨團骨幹分子，其基本方法就是「查歷史」，「翻舊帳」。很快，錢以賢的政治歷史問題被提了出來，依據一個「軍需中校」頭銜和「國民黨黨員」身分，人被隔離，不准回家，關押在一間小屋，寫自傳，寫交代，從七歲開始，需要回答問題幾十個：

你家有些什麼人？他們都是做什麼的？

你家有多少財產（動產和不動產）？

你有些什麼社會關係？

你的親戚、朋友、同學從前是做什麼的？政治面目是什麼？他們現在是做什麼的？與你有無往來？

你出生的地點和籍貫？

你讀的什麼學校？何時考入，何時畢業？

你解放前做過什麼事？當時是怎麼進去工作的？收入怎樣？何人證明？

你參加過什麼黨派、團體等組織？你是怎麼參加的？在何處參加？參加的動機是什麼？參加以後都有什麼活動？

你擔任過什麼職務？你是否有相關證件？一九四九年後，你是否保持聯繫？主動地向組織交代過嗎……

所幸人民政府寬大為懷，把錢以賢定性為：「嚴重政治歷史問題，控制使用」。運動結束後，他恢復了工作。但原本氣色很好的臉，似乎總帶著憂鬱。當他重新坐到寫字檯前，拉開抽屜，取出厚厚的帳目和老式派克鋼筆的時候，眼淚悄然落下，落在玻璃板壓著的全家福照片上。

這個細節，被剛好經過的書店黨支部書記看見，淡淡地說了一句：「重新開始吧！」

錢以賢點頭，道：「我一定好好工作。」

支書說：「你幸虧是好好工作。」

下班電鈴響起，所有的人趕忙收拾東西，抬腿走人。唯他按兵不動，反而給自己倒上半杯白開水，把這一天所有的單據、帳目、報表及材料，再次翻檢審視。一些疏忽和個別漏洞，就是這樣被他仔細挑揀出來，並做了及時修補。每到年終，省級文化系統查帳，新華書店都是第一個過關，支書常用感激的目光看著他。可到了本單位召開的年終總結大會，支書把所有人都表揚了，連燒鍋爐的都沒落下，獨獨不提老錢一句。一次這樣也罷了，可回回這樣，年年如此。

在歸家的路上，步入中年的錢以賢望著落日餘暉，思緒如潮，突然感到無比委屈和孤單。每個時代都有自己的恐懼和焦慮：天災，病毒，喪親，傳染病，社會動盪，政權更迭，現在又加了一項，它的名字叫「運動」。短短幾年，新政權搞了好幾個「運動」，一次「運動」下來，就生出新的擔憂，「運動」越多，擔憂越多。所謂的「擔憂」就是無處不在的提心吊膽和謹小慎微，生活似乎平靜安好，但精神無所歸屬。至於將來會如何？錢以賢更是不敢細想，很可能終生負載著政治壓力而永無出頭之日。但有一條，他不把傷感帶回家，因為在家裡，他是唯一的男人，要面對的三個女人：妻子，女兒和老姑，一個需要守護，一個需要撫養，一個需要照顧。好在妻子賢淑，女兒聽話，老姑智慧，她們像三股暖流，溫暖著他的心，這與外面那拒人千里之外的生冷，形成兩個世界。所以錢以賢有本事把所有的煩惱在進家門以前全部放下。進門，一定興致勃勃地問妻子：今晚吃什麼？飯後，和老姑下一盤棋。燈下，看著女兒做功課。一家人能和睦相處，安穩度日，足夠了！自己沒受到表揚，算個啥？但仔細想來，真的有個家就足夠了？其他的都可以一概不計較嗎？

問題終於猝不及防地擺到了眼前，事情發生在女兒加入共產主義青年團的問題上。錢茵茵在班上功課最棒，人緣最好，別說是同學，連老師也喜歡她。到了入團的年齡，錢茵茵和其他幾個同齡的同學，一齊遞上了要求入團的申請書。在紅旗下求上進的孩子，進步的標誌就是：小學入少先隊，中學入共青團，大學入共產黨。參加得越早，人就越優秀，這是個打不破、扳不彎的「死槓槓」。

適逢「十一」國慶節前夕，學校共青團總支用紅紙貼出剛獲批准的新團員名單。幾乎所有的申請者都榜上有名，獨無錢茵茵。這一下「炸鍋」了：錢茵茵不是最好的學生嗎？怎麼不能批准呢？疑惑和議論撲面而來。錢茵茵連看數遍「紅榜」——的確，沒有自己！她不敢相信自己的眼睛，更不敢環顧左右，愣愣地站著，一動不動，眼神驚恐，內心慌亂。起初，還在努力地控制住自己，接著，大滴的眼淚奪眶而出。最後，跑回教室，草草收拾好書包，快步衝出教室，穿過操場，衝出校門。

有人在背後大喊：「錢茵茵，下午還有課呢？」

「不上了。」聽聲音，知道是她的同班同學、平素要好的賈亞菲在喊自己。錢茵茵覺得上課已經不重要了，重要的是臉面和自尊。她覺得自己很丟人，比一場考試不及格還丟人。所以必須盡快回家，因為回到家裡可以哭！

學校離家不算遠，中午的行人也不多，錢茵茵大口、大口地喘氣，兩條腿像灌了鉛一樣，怎麼也跑不快，好在快到家了。

她推開家門，一頭跌進母親的懷裡。

蔡氏見狀大驚，忙問：「茵茵，怎麼啦？」

再三盤問，錢茵茵說出事因。蔡氏一邊用毛巾給女兒擦眼淚，一邊說：「這次沒有批准，不是還有下次嗎？」

不想這麼一句安慰的話，引得錢茵茵嚎啕大哭。她把媽媽遞到手上的毛巾甩到地上，說：「就這一次，沒有下次！」

屋子裡還有老姑錢以智，姪女進門後發生的一切，她都看在眼裡。當雪白的毛巾甩在地上，錢以智回到自己的臥室，脫下布鞋，換上皮鞋，悄悄地出了家門。

錢以智容貌並不很出眾，但風姿綽約，聰明絕頂。她在上海一所教會女中讀到高中，遭遇到一段浪漫的愛情，很快建立了舒適快樂的家庭。男人信奉基督教，是一家洋行的職員。她過著衣食無憂的日子，不過很快厭倦了，跟丈夫商量後，決定自己經營一家製衣店，專做女裝。錢以智頭腦靈活，總能別出心裁。比如做旗袍的衣料有剩，她會笑咪咪地對顧客說：「這衣料多好，剩下的夠做一雙軟底鞋，做好和旗袍一起穿，從頭亮到腳。」只要顧客點頭，之後的畫鞋樣，留尺寸，找小鞋匠，她的製衣店通通包了。衣料剩得不多的話，錢以智還能用它設計出或長、或方、或橢圓的錢包來。隨著亮麗的新衣，女店員用木製托盤，捧出同樣亮麗的軟底鞋或小錢包，剎那間，讓這些太太小姐們心花怒放。

錢以智夫妻曾經有過一個兒子，卻不幸夭折，此後再無生育。一九四九年前夕，眼看勝利在望，丈夫卻病倒了。看了西醫，請了中醫，都無濟於事。死前，男人拉著女人的手，做了最後的交談——

男人說：「我們一直想要個孩子。現在看來，沒養孩子也好，不會拖累你。你還年輕，聰明能幹，再找個男人吧！這樣，我也就放心了。」

女人說：「你要是走了，我就自己過；如果真的需要投靠一個人的話，我就離開上海到內地，去找哥哥以賢。」

男人問：「以後的日子，你怎麼過？」

女人答：「咱倆的家當，也夠我過的了。」

停頓片刻，男人又說：「以後的世道不好說啊！」

女人又說：「不管什麼世道，人家能過的日子，我就能過。」

丈夫點點頭，闔上眼；握著的手，鬆開了。

錢以智果斷地料理了後事，處理了家具，賣了住所，退了店鋪，清了帳目。離開上海的前夜，她漫步在外灘。正值黃昏時分，景色格外動人，神色憂傷的她徘徊良久。第二天她登上客船，溯長江而上。當然，事前已有信函通知兄嫂。

錢以賢夫婦聽說她要搬來同住，滿心歡喜，早早地準備好單獨的臥室，房間裡除鋼絲床，小衣櫃，梳妝臺，寫字桌以外，還專門給她添置了一個書櫃和一架留聲機。他們相信這個家有她的到來，就一定會生動起來。而最歡迎老姑的人，就是錢茵茵。

月牙兒像把梳子掛在半空，月光透過乾淨的玻璃窗戶投射進來，屋子裡顯得柔和，神祕。夜深了，兄妹在客廳相對而坐，哥哥用憐憫的目光注視著妹妹，錢以賢心裡很難過，因為在自己的心裡，錢以智是一朵洋玫瑰，有芳香，也有鋒芒。而現在突然覺得玫瑰花瓣在零星飄落。好端端的一個人，說沒就沒了；好端端的一個家，說散就散了。幸好妹妹果斷行事，搬來和自己同住，錢家人能住在一起，彼此相互照料，也算是命運的安排。

錢氏兄妹說了許多老話，提起不少舊事，茶杯裡的水都淡得沒了味道。錢以賢起身說：

「很晚了，你一路辛苦，去睡吧。」

錢以智說：「不晚，我還有事要說。」說罷，從臥室拿來隨身攜帶的小皮箱。打開皮箱，從底層取出一個黑絲絨袋子，袋子是手工縫製，裡外兩層，鬆緊口用紅絲帶捆紮。袋子似乎有點分量，她雙手捧著，放到兄長的跟前。

絲帶解開，錢以智把哥哥的一隻手硬拉進布袋。帶著一點得意和神祕，問：「摸到了嗎？」

錢以賢摸到了，臉色有些緊張，怯怯地問：「你的全部家當嗎？」

「是！我把自己的半輩子和老公的一輩子，都放進去了。」

「快收好了。明天放到銀行的保險櫃。」錢以賢鄭重地說。

錢以智搖搖頭，把捆紮好的布袋一把塞到兄長的懷裡，說：「你和嫂子收好。我們一起過，這錢也一起花。」

錢以賢擺手道：「不行！我和你嫂子是收人不收錢。」

錢以智起身，瞪著眼睛，說：「你不收，我就走。」

推來扯去，錢以智急了，衝進臥室，拎出手提包，披上外套，氣呼呼地說：「以賢，我現在就回上海！」

見她如此決絕，錢以賢妥協收場，並問：「你不留點兒？」
錢以智說：「我還有幾件老首飾呢！再說，我以後用錢，就只管跟嫂子要了！」
弄得錢以賢只有苦笑。
錢以智又說：「哥，我不在外面找工作了，就在家裡吃閒飯。我能燒菜，還能教茵茵學習，我的英文、語文、繪畫也還不錯。」
錢以賢說：「飯好做，菜好燒，孩子不好教。」
錢以智笑了，說：「好教，反正好孩子教不壞。」
都說姑姑和姪輩是最親的，親到「砍斷骨頭連著筋」。果然，錢茵茵有什麼話也愛跟老姑說，弄得蔡氏心裡都有些嫉妒了。

第二節

事關重大！

見姪女這樣地傷心，錢以智覺得有必要去學校，找到校長，教導主任，班主任或共青團的負責人，向他們當面請教：為什麼錢茵茵不能入團？是學習成績不好，還是思想覺悟不高？總要給一個答覆和解釋吧。錢以智頭腦清楚，閱歷豐富，社會上的事情見多了，深知紅領巾之於小學生、共青團之於中學生的重要性：它是伴隨孩子成長乃至一生的身分。在萬惡的舊社會，孩子功課好就行了；在美好的新社會，單靠功課好是不夠的，還必須思想好。而衡量思想好的標準就是入隊，入團，入黨，在這條路上一步跟不上，就可能步步跟不上。所以，自己必須親自出馬！而且，由姑媽出面比茵茵父母直接詢問，有更多的迴旋餘地。

人行道旁的楊樹主幹筆挺，枝葉繁茂。錢以智平素喜歡在樹下漫步，但此刻她走得匆忙，因為要快去快回，多耽擱一分，姪女就多受一分折磨。

她穿一件薄絨外套，灰色，錢以智一向偏好灰色。在上海的她講究衣飾，環境也要求你講究，自己也有能力講究。現在，時代澈底變了，新政權要求生活樸素，勤儉持家。她不再追求打扮，況且人已中年，額頭上橫著兩道很明顯的皺紋。好在錢家人都是身材修長，皮膚白皙，兩眼有神，加之氣質優雅，錢以智與同齡人相比，還是漂亮。

接待錢以智的是共青團總支部書記，一個年輕的女性，又是教錢茵茵那個班級的歷史老師。在史地教研室裡，二人隔著一張堆滿了學生作業本的辦公桌坐下，開始了對話。團支書首先感謝錢以智能及時來到學校，因為在得知錢茵茵下午曠課的消息後，自己一直惴惴不安，打算晚上做一次家訪。聽到這話，錢以智心裡多少獲得一點寬慰。

團支書倒了一杯白開水遞到她的手裡，面帶微笑，說：「錢同志，我真羡慕您，家裡有這樣一個好閨女！」

在來學校的路上，錢以智把對話的種種可能性都做了揣度，從態度冷漠到不歡而散，唯獨沒想到「羡慕您」這句話。

錢以智客氣地說：「謝謝，你過獎了。不過，我不是茵茵的母親，是她的姑媽。她的父母有事，特地讓我來問問，關於孩子入團申請的事。」

團支書說：「錢茵茵這次申請入團的確沒有被批准，但責任不在她。而在我。」團支書說這話，眼睛裡裝滿了誠懇和善意。此言一出，錢以智原本準備好的對姪女行為的陳述和辯護，完全派不上用場。

團支書接下來的一番話，錢以智聽得格外真切了：「我說責任在自己，是指沒有把入團的整個過程事先和申請人澈底交代清楚。要知道，中學生入共青團不比小學生入少先隊，手續複雜多了，還增加了政審。在政審的內容裡面，有一項家庭關係。我們看了錢茵茵的入學登記表，上面寫著她的父親錢以賢是省新華書店的職工。我們經過調查，發現了意外情況。原來她的父親有嚴重的政治歷史問題——解放前是國民黨軍隊的校級軍官，還是國民黨黨員。儘管軍銜屬於文職，但按有關文件的規定，仍屬於反革命社會基礎。」

錢以智放下水杯，直視對方，說：「哥哥的事，我這個妹妹當然清楚。我想新華書店的領導也是清楚的。既然叫歷史問題，那它就是屬於歷史。怎麼能讓它延伸到現實，延及到子女，影響到一個十幾歲的女孩子的入團呢？」

團支書態度和藹地說：「您說的也對，家長的心情我也理解。但是，做為一個掌握和執行政策的幹部，我們必須這樣做。這樣跟您說吧，如果錢茵茵不提出入團申請，事情就不會被提出來；現在她要求入團，父親的歷史問題就成為女兒的現實問題，這需要錢茵茵面對。」

錢以智問：「什麼叫面對？又怎麼面對？」

團支書答：「事情和我個人無關，這是組織的規定。而我的失職在於沒有及時跟錢茵茵做一次談話，讓她重新寫一份入團申請書，表明對家庭出身的認識，對父親解放前所作所為的批判，並且保證自己和父親劃清政治界限，以及今後跟著黨走革命道路的決心。」

原來如此。

說的，說清楚了；聽的，聽明白了。錢以智起身。

團支書態度依然和藹可親，堅持要把家長送出校門。分手時，又一再表示：「錢茵茵的入團申請是沒有問題的！只要她再寫一份申請書，把對父親反動歷史的認識加進去，堅定地表明自己劃清政治界限的態度，第二批肯定榜上有名。」錢以智再次表示感謝。

秋風吹過，送來一絲涼意，錢以智打了個寒噤。她本能地感覺到：在團支書笑臉的後面，事情已然發生了變化。解決錢茵茵入團問題，根本不是什麼「再寫一份申請書」，而是要分裂整個家庭，澈底顛覆父女關係，也許還不止是父女關係。剛才與團支書的交談，從外表看似乎一切都很平順，對方熱情坦誠，自己也十分得體。但是，實際問題卻未獲解決，錢茵茵不僅需要重新遞交申請書，還要以犧牲血脈親情為代價。錢以智知道自己不笨，算得上是聰明人。但是，所有的能力和智慧遇到有關階級成分與政治界限等問題就一籌莫展，甚至覺得自己有如一個俠客，瞬間武功被廢。當下，入團問題或許能夠解決，那今後呢？姪女還會接二連三地碰到類似的問題嗎？錢以智沒有直接回家，而是直奔菜市場，挑了一隻雞。

進得家門，蔡氏急急地問：「老姑，你去哪兒了？也不說一聲。」

錢以智說：「把砂鍋拿出來，再拿點冬菇和火腿，我買了活雞。晚上，你們等著喝我燉的雞湯吧！」

她反覆思忖，決定在晚飯後要把團支部書記的話和盤托出，既讓兄嫂清楚，也讓姪女知道。這對一個十幾歲的初中生來說，很有些殘酷。但是理智告訴自己：兄長的歷史問題既無法隱瞞，也無法迴避。與其哄騙，不如告以實情；與其晚說，不如早說。如果屬於無法消除的痛苦，那就必須承受。承受痛苦是一種力量，會讓孩子成長。當然，也會永久地背負著。

殘陽消褪，晚霧濛濛，馬路的街燈都亮了起來，錢家廚房裡飄出了香氣。

第三節

怎麼老犯困?我是越來越不像話了——王月珍氣惱地想著，自己跟自己生氣。

高大豐滿的身軀，安放在寬大柔軟的沙發；一雙不大不小的眼睛裡，透出少許倦意；略高的顴骨和下彎的嘴角，又使其表情顯露出幾分威嚴與不快。這樣的體態和神色是長期所處環境的最好說明。王月珍皮膚光滑，從臉上簡直看不出有什麼明顯的皺紋，只有藏在黑髮裡面疏疏落落的銀絲，洩露出她已是中年。

週六的下午，午睡醒來，胸口忽地一驚，後背陡然發熱，額頭立即有了一層汗。怎麼回事?最近總是這樣。剛開始以為是偶患小恙，後來發覺不對，吃感冒藥，減點衣服都無效，天天依舊發熱，一陣一陣的。月經也不正常了，為此心情大受影響，弄得煩躁不安。一次，王月珍所在的人事處開黨小組組織生活會，她有事耽擱，遲到了十幾分鐘。滿臉通紅、汗流浹背地跑進辦公室，一屁股坐在椅子上，用一隻手當扇子，來回來去地搖起來。旁邊的同事關切地說：「瞧這一臉的汗，現在的天氣也不熱。王大姐，您是不是更年期了?」

她想回敬一句，隨即忍了。畢竟自己是遲到了，畢竟是人到中年。幾年前，她也曾嘲笑過無端發脾氣的中年女同事，問人家：「你是不是更年期了？」時間過得真快啊，從前嘲笑別人，現在被別人嘲笑。

先頭看西醫，藥片就著白開水，嚥下無數，卻無濟於事，臉照紅，汗照出。本是個要強的女人，一下子變得虛弱。她很不服氣，常捫心自問：青春就這樣走了嗎？後來，改看中醫。老中醫把過脈，將老花眼鏡摘下來，語重心長道：「您要好好調養，否則老得更快。」這話，讓任何一個女人都能生出恐懼來。

在家裡，或獨坐客廳或平躺在床，內心不由自主地泛起憂愁和悲哀。不行，一定要盡量留住青春，努力挽回歲月。所以，每次從醫院拿回中藥，王月珍都反覆叮囑保母姚媽，一定要慢火細熬。到了傍晚，家中就瀰散著中藥味道。每一劑藥熬好，用小網篩過濾，頭道湯與二道湯對沖成兩碗，早上一碗，睡前一碗，天天如此，似乎成了固定的儀式。端著深褐色的藥湯，屏著氣、一股腦兒灌下去。藥不算太苦，不過有點腥。喝過立即漱口，然後半倚半躺在沙發，歇上好一陣。

王月珍出身在北方的一個平民家庭。抗戰勝利後，共產黨軍隊占據了東北，她入了伍，成為一名女兵。這樣的女人原本不大容易吸引優秀的異性，但在男多女少的革命隊伍中，還是能讓男同志發生興趣。正值妙齡，她和所有懷春少女一樣，常用幻想編織著愛情的美夢，用情思勾畫意中人的身影。正沉溺於胡思亂想的時候，一個男人意外地闖入了生活，中止了少女的憧憬與夢幻。這個男人不是別人，就是她現在的丈夫，叫洪大力，在S省農業廳任廳長。不過初次見面，他是個團長，後來一路攀升。

對男女情事，王月珍曾聯翩浮想：先纏綿悱惻，後如膠似漆，每想至此，她都感到胯間有股熱流湧出，渴望異性的意識隨著熱流的湧動而強烈起來。慾望越發強烈，肉體越酥軟，整個身體似乎只剩下一個空殼，需要有個東西入侵和填充。令王月珍失望的是和這個男人的結合，既無先頭的「纏綿悱惻」，也無後來的「如膠似漆」。主要原因就在於雙方尚未見面，就已確定了身分：他即將是她的丈夫；她就是他的妻子。理由簡單而正當——首長把青春獻給革命，那麼，姑娘就請你把青春獻給首長吧！事情就這麼定了，無法申辯和逃脫，除非你脫離革命，脫離組織。王月珍失眠了，睡在女兵宿舍的木板床上輾轉反側，真的打心眼兒裡想不通：為什麼「他」奉獻給革命，就有資格和權利要求自己奉獻給「他」？革命隊伍興的這一套規則，也太不講理了。對待這個問題，即使沒有愛情，也要有點感情吧？心亂如麻的她將雙手按在胸前，力圖努力平靜下來，無意間手指碰到乳房。乳房，這是女人全身最動人的部分。黑暗中，她用指尖撥弄著乳頭。多美啊！小而尖，緊而軟，王月珍無端傷心起來。

經過來自上下左右的開導、勸說和商議，王月珍漸漸安靜下來。經過激烈的思想鬥爭和利害權衡，她開始理性地對待感情問題：在新社會，婚姻是和組織聯繫在一起的，而組織又是和自己的前途、命運聯繫在一起的。比如，和「他」結婚，自己就不再是兵了；和「他」結婚，就不在宿舍住了；和「他」結婚，馬上就不吃大食堂了；和「他」結婚，今後的工作崗位也就不愁了……至於愛情嘛，只好慢慢來吧。王月珍最終點頭了，勉強同意嫁給「他」，做革命夫妻。這一天，她沒有吃飯，晚上蒙著被子，傷傷心心哭一場，用淚水和青春告別。

婚禮簡單，食堂就是結婚的禮堂，正中懸掛著毛主席和朱總司令畫像。畫像下端，貼著用紅紙剪的大大的一個「囍」字。新郎洪大力是團長，所以師長主婚並講話，首先是祝賀他們「喜結連理」，「早生貴子」，預祝他們婚姻美滿，家庭幸福，衷心希望夫妻二人能在今後的革命征途心貼心、肩並肩地戰鬥！

婚禮結束，送進洞房。

關燈，上床。

人家根本不接吻，也不撫摸乳房，兩隻手從後面揑著屁股，一桿槍從前面向那個地方捅了進去，刺刀見紅。

王月珍變成了婦人。

洪大力不諳風情。夫妻房事，沒有輕攏慢捻，都是直來直去。原本身體就差了些，年齡也大了些，工作也忙了些，一天操勞下來，體力有所消耗。到了夜裡，先頭還像個鬥士，忙活一陣，就力不從心。為省把子氣力，他選擇了自己平躺在床，讓老婆在上位。王月珍用胳膊做支撐，身軀上下掀動，兩個乳房像成熟的尖嘴桃，一甩一搖的。這是吃勁的「活兒」，可丈夫也不怎麼心疼，一味地命令她「使勁」。後來，王月珍終於忍不住，氣呼呼地說：「人家都是男人搞女人，咱們倒像是女人搞男人。」

洪大力咧著嘴樂，說：「誰叫你人高馬大。」

像騎手顛簸於馬背，老婆趴在丈夫身上左擰右旋，辛苦如磨盤，在轉動中碾出汁液。這些姿勢和動作，是王月珍結婚後的晚間功課，「洪老師」每次都要求她認真地完成作業。洪大力常常是睜著兩眼，觀賞妻子的勞累與耕耘。「你真行！」他說出這樣一句，那就是被老婆搞舒服了。

披頭散髮的王月珍聽了，惱怒道：「我真行，是因為你不行。這輩子我算冤死了，上了白班上夜班。」

洪大力吃吃地笑著，兩手按住妻子滾圓的小肚子，說：「告訴你，我也行。」

「你行個啥？」老婆瞪著眼睛。

「我能把你的肚子弄大！」洪大力毫不含糊。

「我的肚子別說揣一個，就是揣它兩三個也沒問題，就看你有沒有本事了。」說完，王月珍抄抓起內褲擦拭私處。洪大力搖搖溼漉漉的陽具，說：「咳，別光顧自個兒，把我的也擦擦。」

「淨吃現成，像你這樣還想讓我生兒子？」

丈夫忽地坐起。說：「你給我生個大胖小子，我給你磕三個響頭。」王月珍聽得後背發涼：男人結婚只為生子啊，這裡頭根本沒有愛情。

丈夫睡去，露在被子外面的，是他那張不算難看的臉，很周正。被子遮蓋的，是一個不大好看的身子，很瘦弱。不管你滿意不滿意，這就是自己的丈夫，王月珍後背涼涼的。

冬去春來，滴水穿石。肚子真的弄大了，醫院證明王月珍有了身孕。洪大力二話不說，真的跪下磕了一個響頭，起身緊緊地抱住老婆，用嘴巴又親又啃的。

自結婚以來，王月珍從來沒見過丈夫對自己的肉體，表現出這樣的興趣和激情。她的眼圈紅了：快要成為母親的時候，丈夫才把她當成女人。

第四節

男嬰洪亮的哭聲，給王月珍帶來空前的自滿與自豪。是個兒子！洪大力高興得在房裡直轉圈兒，趕忙掏錢叫幹部食堂給老婆煮魚、燉雞。孩子取名曉軍，一是因為妻子是在拂曉時分娩的，二是以此明示孩子的部隊出身。

洪曉軍長得非常健康。他的五官如父，周正；他的體格似母，結實。對此，洪大力特別滿意，說：「咱娃長得多好，多漂亮。」

王月珍嗔道：「那是我的磨盤，慢慢磨出來『瓷器活兒』。」

一次，丈夫扯著老婆的褲子按在床上，說：「你再來磨一次，再給我生一個。」騎在老公身上，不止「磨一次」，而是磨了無數次，但王月珍的肚子偏偏再也沒能鼓起來，曉軍成了獨苗。

看著孩子蹬著兩隻肥實的小腿、吸吮王月珍的奶頭；看著孩子學步、一屁股跌坐在地上，還高興地「哦，哦」地大叫；看著他見誰都不認生，咧著嘴兒發出的笑聲——洪大力知足了。夫妻難免鬥氣拌嘴。吵上幾句，洪大力就偃旗息鼓。王月珍察覺丈夫是在讓著自己。不是自己有啥上進，完全是因為兒子太美好。

部隊南下，洪大力成為南下幹部。王月珍隨軍南下。在S省，洪大力轉業到地方，分配到省農業廳當處長，接著是副廳長，王月珍也就在人事處當科員。接著，丈夫升任廳長，自己成了副處長、處長。她很快懂得：自己不需要努力，也無需變得強大，只要按計畫做自己做的事，就足夠安穩愜意了。

王月珍到廚房看姚媽做的紅燒肉燉爛沒有，洪大力夾著公文包進了家門。

「你回來啦。」

「嗯。」

在家裡，叫他「老洪」，在單位，她和同事一樣尊敬地稱他「洪廳長」。丈夫是靠忠誠和資歷一步一步提拔上來。隨著職務的陞遷，洪大力的身體竟越來越差，主要是心臟病，隔一段時間就要住院靜養。他每天上班，和所有領導幹部一樣：開不完的會，批不完的文件。心裡裝的是公事，關心的也是國家。唯一的愛好是下棋，王月珍不會下，也不學。洪大力回到家裡基本上是三件事：吃晚飯，看報紙，閉目養神。他人不壞，也算隨和，他比王月珍大了不少，體力又差。一般來講，這樣的男人在寵愛嬌妻的同時，也會在暗中看緊。

洪大力才不呢，他清楚憑著自己的地位就能拴住老婆的身心，人到了機關辦公樓就自有體會：年輕同志多了，領導們皆可「呼之即來，揮之即去」，弄得小辮子滿樓飛，但誰也不敢支派王月珍。遇到開職工大會，女幹部一下子湊齊。在這「娘子軍」中，王月珍的顏色、氣色、神色以及廳長夫人的分量展露無遺。就憑這個，洪大力還需要提防老婆移情別戀？

飯菜做好後，姚媽的第一件事就是到大院裡找洪曉軍，叫他趕快回家吃飯。這個生在軍隊大院，長在機關大院的男孩很貪玩，也會玩。放學之後，書包一甩，就不見人影。孩子長身體的時候，遇到「三年困難」時期。好在是廳局級幹部，又是農業廳，多少能搞到些食品，但凡能進嘴的東西以及局級幹部配發的雞蛋和黃豆，都先滿足曉軍的胃口。所以，別的孩子瘦弱，洪大力的兒子卻是很健壯。王月珍用七尺布票給他做的卡嘰褲子，頭一年還挺合身，一個冬夏過去，褲子就緊繃繃的，小腹下面那個地帶居然鼓了起來，對女同學很惹眼。

洪曉軍進了門，滿頭大汗，毛衣袖子捲得一高一低。

「別老讓姚媽到處喊你吃飯，自己不知道餓呀？」王月珍說。

「哎。」

「你每次都『哎哎哎』的，其實根本不聽。倔脾氣跟你爸一樣。快洗手去，飯菜都涼了。」

洪曉軍從不挑食，吃紅燒牛肉與啃老玉米，都一樣地香。一碗飯下肚，兒子對王月珍說：「媽，這個星期天我要和幾個同學到郊外去玩，給我點錢，再給我點糧票。」

「大冷的天兒，有什麼可玩？」

「我的同學趙鐵林住在郊外，我們去他那兒玩。」

「不行，馬上要大考了。」

「媽，就玩半天，晚飯前一定回家。」

洪曉軍要兩斤糧票，王月珍沒答應。

第二天，起了風。樹枝猛烈地搖晃，似乎要把所有的黃葉都甩落在地上。冬天的太陽出來得晚。太陽老高了，夫妻吃完早飯，洪曉軍臥室的門還是緊閉。

洪大力說：「你去把兒子叫醒，他大概還在睡懶覺。」

洗衣服的姚媽插了嘴：「別叫了，曉軍天還沒亮就走了。」

聽後，王月珍立即怪道：「你怎麼不早說？」

姚媽答：「他不讓我告訴你們。」

「他跟你要錢了嗎？」

「他什麼都沒拿，也沒要，就走了。」

王月珍走到門廳旁邊的木質三角衣架，取下自己的人造革提包，掏出錢夾一看。原本有一張三斤糧票、一張一斤糧票、還有半斤的一張。獨獨那三斤的，沒了。她瞟了姚媽一樣，沒說話。

等姚媽外出的時候，告訴了丈夫，丈夫說：「他要出去玩，你不高興；他要點糧票，你不給；可不就自己動手嘛！等人回來，我說說他。」

「這是在偷家裡東西。老洪，這孩子心裡主意大了！」

「我知道了。」洪大力有些不耐煩，回到書房呆坐了好一陣。其實他也意識到兒子已經有了自己的意志。

整個下午，王月珍心情都不好，只等曉軍進門，倒要看看洪大力如何訓子。

太陽落下，曉軍沒回來；月亮升起，曉軍沒回來。冬天的夜色無邊無際，寒冷蕭瑟。洪大力不說話，王月珍不敢說話，二人時不時望望窗外，看看手錶，等著。吃過晚飯，到了深夜；過了深夜，到了凌晨。

姚媽聽到有人在敲自己的窗戶，起身，開燈，洪曉軍貼著窗戶玻璃，用手向她比畫著開門的動作。

姚媽一邊去開門，一邊喊：「洪廳長，曉軍回來了！」

兒子進了門，鞋上沾滿泥巴，褲子是溼的，毛衣是髒的，手裡拎著一個髒兮兮的藍布口袋。他好像是掉到河水裡被打撈起來，樣子很狼狽。

洪大力沒有訓子，只問了一句：「你和同學玩得好嗎？」

「好玩。」

「好玩在哪兒？值得整夜不回家。」

「有貓，有狗，有麻雀，有烏鴉。有熱土炕，紅薯能烤來吃，河水結冰能滑著玩。」說著把口袋打開，拿出幾根紅薯，說：「這是趙鐵林送給咱們家的。」

吃過早飯，父子聊起來。洪大力問曉軍，為什麼總要往外跑？兒子說，自己時時感到無聊和枯燥——在學校，對著一塊黑板；在家裡，對著一張書桌。洪曉軍問父親：「除了生日，我還有什麼日子值得高興？」

洪大力一時竟回答不出。

兒子又問：「爸，除了國慶，還有什麼事情值得紀念？」

兒子的問話，讓洪大力很震驚。覺得他不像自己，也不像他媽。最後回到老話題，要求曉軍好好學習。

洪曉軍答：「爸，對我別期待太高。」

孩子大了，疏離成為他與親人的交流方式。

第五節

燈下。錢家四口，圍坐一張方桌。一人占據一邊。方桌是錢家的中心地帶，吃飯、喝茶在此，打牌、聊天也在此。

蔡氏端出烏黑的蒸乾菜，清淡的炒白菜，五香毛豆和四個小碗米飯。老姑的砂鍋燉雞最後登場，隆重地放在桌子的正中。蓋子一揭，雞湯的熱氣和香氣一齊冒了出來。晚飯是一家人的聚會，平素都是有說有笑的。這頓飯，卻無人開口。

錢以賢的眼皮壓根兒沒抬起來，始終盯著飯碗，用筷子把不多的米粒，扒拉來，扒拉去。他萬萬沒想到女兒的入團受阻竟源於自己的履歷。這叫他如何擔待，怎麼面對女兒清澈如水的目光？人生路上，能夠做到「風調雨順」，真的沒幾個。女兒的入團就是「預告」。以後呢？以後還會遇到什麼？世間的許多事，安排得既漫不經心，又膽顫驚心。

蔡氏的臉上已有歲月的痕跡，但她面容姣好，錢茵茵無可挑剔的美麗，大半從母親那裡得來。蔡氏最漂亮的地方在一雙眼睛：黑黑的，亮亮的，隱含著某種深度。剛才在廚房做飯的時候，精神還算好。但是人坐下來，面對滿桌飯菜的時候，胸口發涼，神情竟有些恍惚，心上彷彿纏繞著一根解不開的繩索。

錢茵茵兩眼哭得紅腫，一再說自己不想吃晚飯、也吃不下，是硬被老姑拉到飯桌前，按到椅子上的。腦子裡一團亂麻，很想清理出個頭緒來，但是自己幾乎沒有這個能力。沒有趕上第一撥入團，應該怪誰？她有些怪父親，為什麼要去參加國民黨軍隊？再有，父親為什麼不早告訴自己？越想，她的臉色就越發地難看了，喝了幾杓湯，連筷子也不拿。

沉默的僵局終被打破，錢茵茵突然冒出一句：「爸，你為什麼要參加反動的國民黨，還要去當國民黨軍官？」說這句話，她沒有勇氣看父親。

錢以賢愣住了！在單位可以向組織說清楚「歷史問題」，但面對自己的女兒，他說得清楚麼？囁嚅半晌，擠出一句：「爸爸對不起你。」

老姑把眉梢一挑，說：「有什麼對不起！」像打短平快，把話擋了回去。

「以智！」錢以賢喊了一聲。

這一喊，本不想再講什麼的錢以智，索性繼續說下去：「你爸爸參加國民黨是在一九四五年以前，茵茵，你上過歷史課，說說四五年前是什麼時候？」

「抗日戰爭。」

「老姑再問你，抗日的軍隊叫什麼？」

錢茵茵答：「八路軍。」

錢以智說：「我告訴你——也有八路，但主力是國軍，就是國民黨的軍隊。你爸爸是為了抗日救亡才報名參加國軍的。由於以賢是技術人員，所以沒有上戰場，一直在軍需部門。」

姪女吃驚地說：「書上不是這樣寫的，老師也不是這樣講的。」

「以智，別說了。」錢以賢再次出面制止。

「為什麼不說？你背黑鍋，難道也要女兒不清不白地背下去？」

談話中止，空氣也凝固了。蔡氏的一口飯，停在嘴裡半天沒嚥下去。一桌晚飯，就此收場。

錢茵茵說是要寫作業，回到自己的小臥室。

過了好一陣，錢以智站在錢茵茵的臥室門口，輕聲問：「老姑可以進來嗎？」

姪女靠在床頭看書，說：「進來吧，我正準備睡了。」

坐到床沿，錢以智伸手摸摸姪女的前額，說：「你看什麼書？」

「《安娜・卡列尼娜》。」

「看得進去嗎？」

「看得進去，好看。」

錢以智說：「今晚你睡得著嗎？實話告訴老姑。」

錢茵茵欠起身，說：「這件事情讓我為難，一頭兒是入團，另一頭兒是爸爸，問題就看我站在哪頭兒了。我想了想，決定還是站在爸爸這頭兒。」

「為什麼？」老姑問。

「理由就一個——他是我爸。」

錢以智將姪女摟進懷裡，錢茵茵的臉頰靠貼在老姑的胸口，用很低的聲音說：「別告訴爸爸，我打算不再寫第二份入團申請書了。既然不批我，那我就不入。」

「你這樣做，不妥。學校和同學會認為你是個落後分子，有了這個印象會直接影響你考高中，還有將來考大學。」錢以智嘴裡這樣說，其實內心非常激動，覺得茵茵太像自己了。

「不！」錢茵茵把頭一歪，從老姑懷裡抬起身，說：「我不讀高中了，去考護士學校。畢業以後，就去醫院當護士。」

「真的？」

「當然！再說，你和爸爸、媽媽要是病了，我還能派上用場。」

「茵茵，你想過嗎？這是伺候病人的職業。你可是身嬌肉貴的。還不如讀完高中去考醫學院，將來當個醫生。」

「不，我就是要當護士。」

太陽墜地，月亮升起。錢茵茵內心如月，對抗著太陽。

錢以賢兄妹仍然坐在那裡，蔡氏沏好一壺花茶，擺上兩個小茶碗。錢以智把茶碗斟滿，遞給兄長。錢以賢接過，端在手裡，抿了一口。茶水的顏色在燈下，分外耀眼。

錢以智先開了口：「哥，剛才我和茵茵談了。她說今後遇事會和爸爸站在一起。」

錢以賢說：「是我對不起孩子，我——」

「別老檢討，你又沒犯錯！」錢以智不讓他說下去：「我來說點閒話吧。前幾天天津的朋友來這裡出差，我們見了面，吃了頓飯。她的家境不錯，是眾姊妹當中最講究穿戴的，幾乎每個月都要到理髮館『做頭』。說起頭髮，她說以後不能老去『做頭』了。我問為什麼？她說，前不久《天津晚報》根據讀者來信，展開了『髮型與資產階級生活方式的關係』的討論。報上說，男人的燕尾式、探海式、大背頭，女人的道士髮、披肩式，都是舊社會的少爺、小姐、太太和流氓追求腐化墮落的資產階級生活方式。自以為很美，其實很醜。」

「那要理個什麼髮型才好？」錢以賢問。

「天津的理髮師總結出勞動人民對髮型的要求，一共十六個字——『樸素大方，堅固耐久，梳理不亂，自然美觀』。哥，你說說，什麼樣的髮型才算得堅固耐久？」

「不知道。」

錢以智說：「我知道。」

「什麼樣兒？」

「光頭唄！」

錢以賢嘆道：「從髮型都能分出階級來，茵茵不能入團就很能理解了。」

第六節

錢茵茵做為省護校的畢業生第一次穿上白大褂，帶上蝶形帽，來到省人民醫院，成為一名護士。她哪裡知道，自己有幸分配到省城最好的醫院，暗含父親的功勞。

錢以賢從心裡覺得對不起女兒，歉疚感無時不在。那麼好的條件，那麼好的成績，偏偏不讀大學，去做一個護士。錢以賢既理解，也無奈。在讚賞女兒能依據自身的局限做出務實選擇的同時，更多的是悲嘆時乖命蹇：自己沒有那個該死的「政歷問題」，功課優異的女兒能「心甘情願」地去考護校嗎？有志於醫學的青年人，哪個不是奔著醫生的職業而去？而護理病人，怎麼說也多少帶點兒伺候人（儘管是患者）的意味。

人有了教訓，也就有了經驗。女兒還沒畢業，錢以賢就惦記著畢業後的分配事宜，無論無何要把錢茵茵留在身邊，留在省城。只是苦於無計可施，不知道該怎麼做。巧了，一天，他到新華書店門市部隨便看看。突然有個儀表堂堂，衣著得體的中年人，遲疑問道：

「你是錢以賢嗎？」

「你是邱聞道？」

「哈！」
「哈！」
久違的中學同學意外重逢，興奮異常。當錢以賢得知眼前這個從北京大學醫學院畢業的邱聞道，現在是省立人民醫院內科主任、心腦血管專家的情況，內心的激動就不是用「興奮」二字可以概括的了。他的第一反應，就是：女兒有救了！錢以賢知道這個突然而至的想法太實用，太庸俗。但他克制不住，這是現實逼出來的念頭。因為自己無法接受家裡沒有女兒的日子。
「以智怎麼樣？」邱聞道急切地問。
「她也在這裡。和我們同住。」
「那就太好了！我要去看她。」
「走，到我家坐坐！先喝杯咖啡，再吃碗麵條。」錢以賢想起來了，邱聞道曾經追求過以智。
到了錢家，錢以智偏偏不在。邱聞道一見錢茵茵，就很喜歡這個美麗的女孩子，主動提出：「茵茵畢業，就到我們醫院來吧！」
「她能去你那裡工作，是求之不得哇。我從前的經歷，你是知道的。抗戰參加國軍，原本是愛國，現在成了政治歷史問題。我自己的事情倒還不要緊，偏偏影響了女兒的前途。她也太懂事，決計不入團，不上大學，進了護士學校。眼看要畢業了，我希望她能留在省城的醫院。」

邱聞道拍拍老同學的肩膀，說：「這個忙，我幫定了。」

「行嗎？不好辦，就算了。我也怕給你帶來不好的影響。」

「告訴茵茵，好好學習。畢業時做到技術拔尖，業務第一。其他的就包在邱叔叔身上了。」

把女兒畢業分配的事情「包了」，口氣篤定，邱聞道在吹牛吧？錢以賢多少有些疑惑。送走客人，錢以智回來了。聽說邱聞道把茵茵的就業問題包下來，便對哥哥說：「我去打聽一下，看他有多大本事？」

很快，打聽到了：他不但是內科主任、一流專家，而且是省委高級幹部的保健醫生。管文教的省委書記患有心臟病，就常找他看病。難怪！

錢以賢還告訴妹妹：「邱聞道現在對你還有好感，人家一再說，以後要常來。」

「好哇！歡迎。」

錢茵茵讀護校表現出高昂又持久的學習熱情，似乎是要用行為告訴父親，當一名護士是最好的選擇，比讀大學好，比當醫生好。有意思的是，她身後還有個追隨者——賈亞菲，這個最要好的同學也報考了護校。賈亞菲圓圓的臉龐，圓圓的眼睛，一雙翹翹的辮子，性格爽快潑辣。她生在城市平民家庭，賈亞菲不怎麼聰明，學習上遇到難題，就找錢茵茵，錢茵茵也是有問必答。幾年下來，她覺得自己簡直離不開錢茵茵，走哪兒，跟哪兒。這不，跟到護校了。這個舉動，讓錢茵茵十分感動。回家跟父母說了。

錢以智得意地說：說：「茵茵不簡單，有勾魂的本事啦。有空把賈亞菲請到家裡來玩吧。」

賈亞菲去了錢家，而且不止一次地去。她對錢茵茵說：「你家可太好了。」

「怎麼個好法？」

「我也說不出來，就是讓人心裡特舒服。你們家的人說話都細聲細氣，不像我家個個都是大嗓門。」

錢茵茵問：「在我家的人裡，你最喜歡誰？」

賈亞菲晃著腦袋，小辮一搖一搖地，說：「喜歡老姑，她的每一句話都透著靈氣。反正，我爸我媽一輩子都說不出來。」

錢茵茵說：「老姑人聰明，書也讀得多。她從上海帶來的兩大箱書，都好看極了。」

「都是什麼書呀？」

「大多是世界名著，有莎士比亞的，有托爾斯泰的，有海明威的，有莫泊桑的，有狄更斯的，有歐・亨利……」

「我太羨慕你了。」

「羨慕我？我還羨慕你的出身呢。」

工字型的醫院大樓，人來人往，川流不息。尤其是清晨，比菜市場還熱鬧。圓柱大廳裡塞滿了掛號的人，排在前頭的人，都是拂曉趕到的。他們當中有些是患者本人，有的是患者親友，有的來自本地，更多的是來自外地。錢茵茵在醫院大樓住院部，一天忙到晚，伺候患者：從打針到發藥，從量體溫到端便盆，從推著患者進入手術室，到半夜鈴響飛奔到病房，一刻不停。從前躺在床上總要看幾頁書，現在倒頭就睡。但她喜歡忙碌，在瑣細勞碌中，感受到自己是一個被需要的人。越是病重患者，越是老年的病人，越是需要自己。她來到病床前頭，未及開口，患者就露出笑容。看著這些帶著傷痛的笑臉，錢茵茵心裡暖暖的，不管病人問什麼樣的問題，都盡量回答。有些問題和治療沒多大關係，她也認真答覆，儘管這樣問題要問無數次，但她願意無數次重複。覺得這是工作的一部分，只要患者需要，就是分內之事。錢茵茵知道當一名好護士，除了基本知識和專業技術，最最重要的，就是態度。好的態度大半來自涵養，而她是有涵養的，這既來自護校老師傳授，也來自家庭教育。美麗的容顏，和藹的語氣，溫柔的笑容，輕盈的步履，麻利的動作，以及那「一針見血」的功夫，很快成為醫院裡最受歡迎和愛戴的護士。

一個經常住院的老病號說：「說醫生是白衣天使，在我眼裡，錢茵茵就是天使。」醫院團支部在轟轟烈烈的「學習雷鋒」活動中展開過調查。問院內職工：你平素最佩服什麼人？居然有護士答：我要能像錢茵茵那樣就好了！

而錢茵茵不是團員。

邱聞道得知這一情況，別提多高興了。當初他提出把錢茵茵調進醫院，遭到醫院人事部門的冷遇。也不說反對，就是拖著不辦。眼看應屆畢業生分配工作要結束了，人事處還沒個明確態度。邱聞道急了，找到省委書記，請求解決錢茵茵的問題。省委的一個電話打過去，錢茵茵到了省立醫院。後來，省委書記住院檢查身體，突然問邱聞道：「那個錢茵茵，工作怎麼樣？」

邱聞道如實以告。書記興致來了，說：「把她叫來，我看看是不是一個『天使』。」

邱聞道說：「她不是幹部病房的護士，來不了。」

「什麼來不了！我才不信。」一句話，錢茵茵調到了幹部病房。

果然，名不虛傳。她從不站在門口或很遠的地方和病人說話，從不手上一邊做事一邊和別人說話，從不在病人面前表現出想匆忙離開的樣子，從不在病人面前顯出勞累和不安。對此，省委書記大加稱讚。

邱聞道說：「她的這些表現，其實都是南丁格爾對醫院護理工作的要求。很多護士沒做到，她做到了。」

月之夜，雪之朝，人世間做什麼事都需要一點福分。

第七節

時光綿長，在日復一日的悄然流動中，人生不斷地處在更易狀態。這種更易有生命的衰老，有家庭的聚散，有驟至的禍福。對這樣的更易變化，做為一個省直機關的人事幹部，王月珍的體會是經常性的，也是複雜多樣的。

王月珍下班後，有時逛逛街，無論商店，還是菜攤，有東西賣的地方就有排隊的人群。隊伍或長或短，人們拿著各色的提包，表現出特別的耐性，等著，候著，排在後面的人時不時伸長脖子，望望貨架，算算距離，看看現存的商品是否能輪到自己。當發現所剩無幾的時候，那一張張灰突突的臉，則流露出明顯的焦慮，有的蹙眉跺腳，有的轉身離去。一次，省直機關給幹部發了一批有消腫效用的「糠麩散」，單從這個名字就能知道它的成分，不就是米糠加麥麩嘛！當散發著糠麩氣味的紙箱剛抬進辦公室，幹部們就自動停止辦公，齊聲歡呼，圍在一起等候分配。同事們自覺分工，有掌秤的，有計算的，熱烈而有序。分到最後，連紙箱夾縫裡的糠麩粉粒，都被抖得乾乾淨淨。王月珍也有一份，她自覺排在最後。她沒有一般同事那麼急需，因為在手提包裡，裝有省委內部派發的副食品供應券。憑著這個，可以在指定的地方買炒麵，買點雞蛋，買豬油。王月珍也有餓的時候，但是比別人強多了，這就是婚姻給命運的帶來的一種「更易」。

另一種更大的「更易」發生在政治運動當中，無論土改，抗美援朝，思想改造，肅反，三五反，反右，反右傾，「運動」的任務不同，但有一個共同的內容，就是重新確認和區分同志和敵人。昨天還在一起說說笑笑，今天突然就成敵人了。王月珍所在的人事部門，則承擔著純潔革命隊伍、清除異己分子的光榮任務，工作細緻而持久，即使一個「運動」結束了，清理工作也會繼續。隨著持續性的清理隊伍，隨著革命群眾的檢舉揭發，王月珍覺得階級敵人或有政治問題的人，不但越來越多，而且越來越隱蔽。他們就像一顆子彈，突然迸射而出！自己有時也竟會嚇出一身冷汗。

王月珍記憶很深的一個女人，叫翟翠娥，和自己的名字一樣，帶著幾分俗氣。她是個辦公室的普通職工，寫一手不錯的毛筆字，還能燒一手不錯的飯菜。工作態度端正，無論什麼事都是一絲不苟。因為戴著四百度的近視眼鏡，總讓人覺得特別辛苦。丈夫是個司機，大、小車都行，哪兒有好點的東西，總務處的頭頭會叫他拉幾箱回來；困難時期來了，物資極度匱乏，他成了最受歡迎的職工，成天奔跑在外，後來就夜宿在外。

一個星期天，翟翠娥給長途歸來的丈夫洗衣服，發現他衣領上的幾根黑色長髮。她把衣服摺起來放好，把要問的話憋到晚上，等女兒入睡後再問究竟。司機先抵賴、後狡辯。鬧到末了，只好承認了。

翟翠娥舉手迎面打去，這一巴掌沒打著，被眼力好，氣力足的丈夫一把攥著胳膊。嘻皮笑臉地說：「老婆，你打聽打聽幹我們這行的，哪個不是尋花問柳？我算好的，就睡一個。」

「我要離婚！」翟翠娥氣極。

「離婚？我不離，衝著你燒的飯菜，我也不離。」哦，老婆的好處就是做飯燒菜，那麼感情呢？翟翠娥哭了。

晚上，她不讓丈夫上床，人家氣力大，還是上了床。她不讓丈夫入侵，人家還是「進來了」，還死命地弄她。

夜深，毫無睡意的翟翠娥翻檢自己的前半生，痛悔自己錯走一步棋。原來，當司機的男人是她的第二個丈夫，她的第一個丈夫是中學同學，結婚的時候，他是國民黨軍隊的一名軍官。國民政府倒臺，隨著部隊撤離大陸。他是個連長，沒有資格攜帶家眷。離家前夜，夫妻相擁，難捨難分。

連長不止一遍地說：「等著我，等著我。我一定來接你！」

走出街口，他一步一回頭，最終消失在薄霧之中。翟翠娥回到屋裡，撲倒在床，淚水溼透了繡花枕頭。她病了，發燒，咳嗽，盜汗，失眠。吃了些藥。也未好轉。一位老中醫勸她：「你害的是心病。放下吧，你放下了，病就好了。」

她聽勸，放下了。放下的標誌，就是再次結婚。司機是別人介紹的。翟翠娥覺得他為人也還忠厚，沒什麼頭腦，不太計較自己曾經是個「國民黨反動軍官的老婆」。靠開車掙錢，收入比較牢靠。

日子久了，翟翠娥發現丈夫在家就做兩件事──「吃」和「日」。她忍著，因為有了女兒。直到發現了那幾根長髮，她不打算再忍下去。決定離婚；現在離不了，將來也要離。很奇怪，自從有了離婚的念頭。翟翠娥就開始懷念解放前的日子，越發想念海那邊的反動軍官。

突然有一天，家裡來了一封寄自香港的信，信封上潦草地寫著「翟翠娥女士親啟」。落款是香港，有街名，有門牌號碼，就是沒有寄信人。她在疑惑中打開信封，裡面沒有信紙，卻掏出兩張大陸發行的全國糧票，面額五斤。就是他！正是那個國民黨軍隊的連長，她真正的丈夫。

心在顫，手在抖！翟翠娥好一陣，才把糧票放回信封裡，而她那顫抖的內心，再也沒能平靜下來。耳邊不斷響起那句話：「等著我，等著我。我一定來接你！」他費盡心機寄來糧票，不僅僅是對大陸饑民的憐憫周濟，更重要的涵義在於——借此再次表明了心跡，很可能至今仍是孤身一人。

翟翠娥陷入了沉思：他會不會來接我？如果一時不能來接我，我是不是可以去找他？這個念頭，有如荒野中飢渴的野兔，急急奔來。心緒異常狂亂，翟翠娥竭力壓制自己。誰料越壓制，越強烈。為排除這個近乎犯罪的念頭，上班時，更認真地抄寫，對工作更熱心；回家後，更認真地做飯；夜裡也能配合，不提離婚的事。司機挺滿意，家裡家外都獲得了滿足。

春節前夕，連續幾天，跑長途拉貨的司機均夜宿在外。翟翠娥卻也不牽掛，也不擔心丈夫衣領上是否黏有女人的長髮。她澈底平靜了，平靜到每天把醃製的鴨子從吊桿上取下，仔仔細細看了一遍，再掛上吊桿，重複操作，不厭其煩。其實貌似平靜的日子，掩蓋著一條洶湧澎湃的激流——離開大陸，投奔臺灣！

心已定，意已決。女兒睡了，司機未歸，正是回憶過去和設想未來的難得時刻。翟翠娥坐在寫字檯前，擰開綠色燈罩的檯燈，拿出紙和筆給自己真正的丈夫寫信，訴說分手後的情況，陳述第二次婚姻的經過，介紹現在的工作，傾吐心中對他的思念，坦陳要回到他身邊的渴望以及破釜沉舟的決心。寫的時候，還是算滿意，寫完一看，便覺太差，根本沒有表達出自己一丁點兒心意。寫了撕，撕了寫，如吹沙淘金般，最後只剩下了一句：我要回家，到臺灣去。

信投進郵筒，許多天過去，翟翠娥默默測算著郵件的行程：信該到了，他該看了，他該回覆了，他該投寄了，回信在路上了，自己該收到了。但是，沒有回信！也許他出差了，也許他再婚了，也許郵差把信件投錯了，也許……翟翠娥竭力控制住自己的情緒，不敢胡思亂想。她知道，現在的社會形勢不大好：那邊廂，趁著困難時期，蔣介石叫囂「反攻大陸」；這邊廂，毛主席下令解放軍炮擊金門，什麼「單打」、「雙打」。翟翠娥對政治一向不關心，對很多事情分不出是非，其中就包括政治立場，大是大非。

一天，快到下班的時候，王月珍找到翟翠娥，說：「你到人事處去一趟，有一張履歷表需要你重新填一下，上面等著要。」

「好。我把東西收拾一下，就來。」

王月珍笑容滿面地說：「不用收拾東西，就只有一個地方需要重寫，兩分鐘就完事。」

到了人事處，翟翠娥看到幾個嚴肅威武的陌生人，而王月珍臉上的笑容也於瞬間消失。其中一個陌生人問：「我們是省公安廳的。你是不是翟翠娥？」

「是。」
「你是不是給在臺灣一個軍官寫過信?」
「是。他是我丈夫」
「你是不是在信上說,要去臺灣。」
「是。」
「好,你跟我們去看守所。」
「為什麼?」
「你犯了叛國投敵罪。」
翟翠娥申辯道:「我不是投敵,我是尋夫!」
公安廳的人不聽解釋,也不顧她的喊叫,兩個人一左一右地架著她的胳臂,就往外走。翟翠娥不知道從哪兒來那麼大的氣力,掙脫了兩個壯漢的挾持,哭著跪在王月珍腳下,哀求道:「請洪廳長救救我!我是在找從前的丈夫,絕不是叛國投敵,絕不是,我翟翠娥對天發誓!」
王月珍板著面孔,不說一句。
她被便衣從地上拉起來,拉的時候用力過大,把上衣也扯了起來,露出一截後背。由於人瘦，一排脊椎骨凸顯分明。

電影裡才有的「抓壞人」的場景突然出現在眼前，王月珍也是心驚。她輕移腳步，貼近窗戶看這個從前的同事、現在的犯人被公安人員塞進草綠色的吉普車，絕塵而去。農業廳上上下下都知道這件事，整座大樓靜悄悄的，職工們都被這個突如其來的驚人事件嚇呆了。許多人的腦子一時反應不過來，也不知該說什麼。說好嗎？一個不錯的同事進了班房，你居然說「好」！說歹嗎？一個階級敵人被挖出來，你竟然說「歹」！但大家都埋怨翟翠娥現在的丈夫，一致認為他在外面沾花惹草，才讓老婆追念舊情而不惜投敵。沒多久，司機主動提出要求調離機關。

政治正確的重要性，是王月珍從事人事工作所獲得的最深刻感受。政治正確了，整個社會就會站在你一邊。而且政治正確與否，有時還不是由本人決定的。而一個時代或一個社會，都不是看看報紙、聽聽報告就能認識的。日子平淡又瑣細，卻掩藏著意想不到的危險和殘酷。

人生無定，誰也不能保證自己平安無事。

第八節

夏秋交替的時節，天氣忽冷忽熱，從清晨到暮靄，氣溫上下差別能有七、八度，心腦血管疾病的患者最怕遇到這樣氣候。

天未大亮，洪大力醒了。他感到渾身乏力，去衛生間解個小手，幾步路竟走得勉勉強強。回到床上，胸悶得接不上氣，肢體從乏力到發麻。原以為打仗是最艱辛的，後來才發現與病痛的戰鬥才是最艱辛的。

他拍拍還在酣睡的妻子。王月珍翻身起來，發現丈夫嘴唇發紺，再一摸。手腳冰涼。她叫了一聲：「老洪！」

洪大力點頭示意，自己是聽到的，但已無力說話。王月珍慌忙喊來姚媽，又打電話叫來單位的司機和醫務室人員。

人及時送到省人民醫院，住進高幹病房。經查，確診為心絞痛。以前，洪大力對自己的心臟還不太在乎，不按時服藥，也不注意休息，似乎要以戰鬥者的姿態證明自己在疾病面前的頑強。接著，小毛病接踵而來。氣短胸悶，頻繁發作，有時連說話的氣力都沒有，還別說上樓了。見過戰友缺胳膊斷腿的慘景，所以洪大力一向認為，四肢健全是最重要的，也是一個健康人的標誌。後來，他見到幾個老首長近乎麻木的眼神和逐漸痴呆的狀態，他感到腦子最重要，一個人的健全和正常，靠的就是腦子。再後來，自己得了心臟病，他才猛醒：原來一切器官都由「心」管著！心好，什麼都好，心不好，什麼都不好了。有個醫學名詞叫「心力衰竭」。心衰了，即預示著死亡，儘管你四肢完好，頭腦清醒。經過歲月的磨難和反覆的體察，洪大力澈底明白了：心臟病的後果是比瘸子、瞎子還要嚴重得多。人尚未進入老年，身體卻提前遭到疾病的侵擾，也許這是對自己長期無視「心」的報復和懲罰吧。醫院是各種疾病的集合地，單是心臟病就有好多種。自洪大力住進病房，才「惡補」了這方面的知識。心臟一旦鬧起病來，整個人就跟「廢」了一樣，別說吃補藥，喝雞湯，到外面走幾步，都是一種奢望。唯一能做的就是躺著，躺著，繼續躺著。四周無聲無息，人就像陷入了孤島，細弱的呼吸，一下、一下；虛弱的心跳，一下、一下。

「砰」的一聲，高幹病房夜班室的門被推開，把正在休息的錢茵茵嚇了一跳。

闖進來的是洪曉軍，一條褪了色的軍褲，腳下是半新的球鞋，上身穿一件長袖淺藍色襯衫，扣子沒扣好，發達的胸肌袒露在外，頭髮蓬亂，眼睛炯炯有神。他攥著門把，問：

「你們這兒有沒有電爐？」

錢茵茵心裡不大舒服，這人進來前，不叩門；進來後，不稱呼，一點禮貌都沒有。看樣子，還是個學生。

夜班室是給值夜班的醫務人員準備的。有兩張床，兩把座椅，一張三屜桌，洗手池，以及暖水瓶，肥皂，毛巾等日常用品。床架、被褥、床單、枕頭連同水杯，都是白色的，與病房相似。夜班室裡最顯眼的物件是窗臺中央放著的一大盆茉莉花。最繁盛的花期已過，憔悴的花瓣落在盆內，也灑在盆外。一任花瓣的肆意散落，或許為了淡淡的芳香，或許是為了漸漸的枯黃。旁邊有一面方形鏡子，斜著擺放在窗臺，正對它。

錢茵茵倚靠在床頭，枕頭塞得老高，兩隻腳搭放在床沿外邊，也沒脫鞋。一手端著小搪瓷缸，一手捏著的一粒橢圓形的青棗。抬起眼皮，問道：「你是哪兒的？」

「我是病人家屬，洪大力的兒子。」

「哦。洪廳長有事叫我？」白皙纖長的手指將一枚青的棗，貼近了紅的唇。指甲蓋也是細長的，粉嫩，閃著光，指尖部分是純純的白。洪曉軍從未細看過女孩子如此嬌美的手指，懵了。

「我叫洪曉軍，曉得的曉，軍隊的軍。我從學校趕到這裡，還沒吃飯。想借用你們夜班室的電爐煮一碗掛麵。」

錢茵茵起身把小搪瓷缸放到三屜桌上，說：「這屋裡沒有電爐。」見洪曉軍站著不動，便說：「要不，我給你借一個來。」

洪曉軍不說電爐的事，直端端問：「你叫什麼？」

「我姓錢」。

洪曉軍再問：「錢什麼？」

錢茵茵不回答，淺淺地笑了，露出整齊密實的牙齒和腮邊的一個酒窩。

洪曉軍說：「你去借一個？那我跟你一起去。」

「不用。你就在這兒等吧。」

錢茵茵沒走幾步，就聽到後面的腳步聲。無需回頭，跟在身後的，一定是那個洪曉軍，她心裡竟有些高興。下了一層樓，轉了兩個彎，來到普通病房的值班室，錢茵茵停下腳步，對緊跟身後的洪曉軍說：「你就在外面等著，我一個人進去。這裡有電爐，就有；這裡沒有，就沒有了。」

「這裡肯定有電爐。」

「你憑什麼說肯定有？」

「因為你呀。」說完，洪曉軍自己也吃驚。錢茵茵又笑了，臉上湧來一片緋紅。

幾分鐘後，端著一個舊電爐出來了，身邊是賈亞菲。這個虎頭虎腦的姑娘，衝著洪曉軍不客氣地說：「你用完了，馬上送過來，聽見沒有？我這兒是普通病房，比不了錢茵茵。」

兩人又一前一後地往回走。洪曉軍問：「你叫茵茵？」

「是。」

「哪個『茵』字？」

錢茵茵停下腳步，盯著他的眼睛，說：「你打聽那麼清楚幹嘛？」

「我不為什麼，就是要知道。」

「綠草如茵的茵。」

「好聽。」他伸手接電爐，指尖偶然相碰，生出觸電般感覺。洪曉軍喜歡她的手！不僅喜歡她的手，還喜歡她的笑，不光動人，還動心。總之，眼前這個女孩兒和所有的女生都不大一樣。

洪曉軍回到父親的病房。沒過多久，又去敲夜班室的門。錢茵茵想，一定又是洪曉軍。果然是他：端著一口小號鋁鍋，鍋裡有一把掛麵、一個雞蛋，還有一截蔥。說：「茵茵，借個光。我要在你這裡煮麵。」

「不行。」

「就這一回，總可以吧？」不容分說，洪曉軍就動起手來。找插座，燒上電爐，看著電絲一圈一圈地亮起來；擰開洗手池的水龍頭給鋁鍋摻上涼水；扣上鍋蓋，把鍋放在電爐上；打開水龍頭洗蔥，從褲袋裡掏出小刀胡亂切成蔥花，甩到鍋裡。

錢茵茵感到有趣，從來沒有一個男孩子在自己面前這樣肆意。媽媽從小就給自己煮過掛麵，老姑也無數次地做過煎蛋掛麵，但都和他不同。洪曉軍身材魁梧，肌肉結實，濃黑的眉毛和堅定的下巴像是經過雕塑家的修飾。從敞開的衣領深處，冒出一縷縷青春的朝氣。洪曉軍粗笨的動作完全是男人式的，一種細微的感覺在錢茵茵心中驟然甦醒。

第二天的傍晚時分，洪曉軍又到醫院探視。這讓洪大力感到意外，也感到欣慰：兒子懂事了，孝順了。說了幾句閒話，指著床頭櫃的抽屜，說：「曉軍，這裡面有上海奶糖，廳裡的同事送來的，你拿吧。」

「嗯。」洪曉軍點點頭。

「你學習忙，就別來了。」

「爸，我會常來，直到你出院。」

這話讓老子很感動，對兒子說：「這兒的醫療條件好，邱聞道是最好的醫生。我的病就是由他負責。這兒的護理也很好，由一個叫錢茵茵的護士負責，她是醫院裡最好的護士。我的血管太細，不好打針。她每次都是一針見血。而且非常懂禮，脾氣也好。」

洪曉軍說：「爸，既然醫院治療和服務都好，就多住些日子吧！我爭取天天來看你。想吃什麼，叫姚媽做好了，我給你端來。」

「不用天天來，太耽誤功課。」儘管這樣說，但兒子的話著實打動了患病的父親。

洪曉軍乖乖地坐在一旁，陪了半個多小時的光景。

「走吧！」父親堅決要求兒子返校。

「好。爸，我明天再來。」說完，洪曉軍從床頭櫃抽屜裡，取了一塊上海奶糖，捏在手掌心裡。

「怎麼不多拿幾塊？」

「我有一塊，就夠了。」

洪曉軍找到了正在配藥的錢茵茵，房間裡還有其他的護士。他急促地說：「我父親找你。」

在病房的過道，洪曉軍對錢茵茵說：「不是我父親找你，是我找你。」

「你有事嗎？我正工作。」

「父親誇你，說你打針能一針見血。什麼時候，你也給我打一針。」

錢茵茵笑了，說：「你說完了嗎？我要回去幹活兒了。」

「我馬上回學校，你送我到住院部門口，行嗎？我還有一件要緊的事，求你幫忙。」

又是不容分說，錢茵茵跟著他出了住院部大樓。大樓門口是不大的花園，有草，有樹，有座椅，還有個涼亭。這些，當然是為了給住院病人提供散步，休息。這是殘夏，也是初秋。草坪裡的小小花朵，露出蒼白的顏色。陽光傾斜，橙黃的光影在俏麗中帶著鬱悒。曲折小路旁邊，立著一株楓樹，些微的橙色點綴在夏季的色澤之間，預告著秋季的來臨。

錢茵茵站在樹下，說：「你到底有什麼事？」

洪曉軍從口袋裡，掏出那粒糖果，說：「我送給你一粒糖，請你現在當著我的面吃掉。」

「為什麼？」錢茵茵非常不解。

「你先別問，吃掉。」

錢茵茵接過這粒糖，剝去糖紙，用一隻手送進嘴裡。說：「好，我吃了。你有什麼事要告訴我。」

「我的目的就是要看著你吃糖。」

錢茵茵不禁「啊——」了一聲。

「想知道原因嗎?」

「當然。」

洪曉軍說:「我看你的第一眼,就是見你捏著一個青棗往嘴裡送。我喜歡你,從手開始。幾天來,我一直想重溫那個『第一眼』。今天,我做到了。」

錢茵茵驚詫他的主動性,屬於男性氣質的主動性,很吸引人。

第九節

洪大力要出院了。心臟又回到「原位」，如同一個囚犯突遇大赦，那種輕鬆的感覺，前所未有。

剛下過小雨，天空湛藍湛藍的。農業廳的小轎車在外面等候，王月珍和廳裡醫務室的人來接他出院。

邱聞道到病房，對洪大力做了最後的檢查。說：「洪廳長，你應該再多休息幾天，怎麼就急著出院？」

洪大力說：「黨中央決定在全國範圍開展社會主義教育運動。這裡面有個幹部下放問題，下放地點、時間和人員都要馬上確定下來。這麼大的事情，我不回去，行嗎？」

邱聞道蹙眉道：「怎麼？又要幹部下放呀。大躍進的時候，省上的幹部，包括行醫的，畫畫的，唱戲的，都下去了。據說，北京京劇團一個名角向彭真市長訴苦，說：自己的手指頭變得比胡蘿蔔還粗，回到舞臺可就沒法演小姐丫鬟了。彭真聽了，給市委下個命令就把整個劇團從莊稼地裡拉回了京城。不瞞你說，我們醫院的大夫也慘了，有些外科醫生回到手術臺給患者縫傷口，手指頭笨得都捏不住針。」
洪大力說：「這次不同於大躍進，上面不要求省上所有的幹部一律下到基層。」
邱聞道關心地問：「是幹部輪流下去嗎？」
「哈，」洪大力笑起來，說：「老邱，你放心。醫生再輪流也輪不到你吧，你下去了，省委負責幹部心臟出了毛病了，找誰呀？」
邱聞道也笑了：「好，我們有空再聊。洪廳長，你以後對身體可要小心，按時服藥，飲食清淡，心情平和，切勿大喜大悲，有了不適，就來找我。」
洪大力再三感謝邱聞道，說能遇到這麼高明的醫生，真是三生有幸。
邱聞道對錢茵茵說：「你替我送送洪廳長。」
錢茵茵跟在洪氏夫婦的後面，送出住院部大樓，來到小轎車跟前。臨上車前，洪大力拉著錢茵茵的手說：「謝謝！最好的護士，你要是我女兒就好了。」
錢茵茵忙說：「洪廳長，可別這麼說。為患者服務是我們的職責。」
王月珍攬過錢茵茵肩膀。說：「人家不但護理得好，長得還好呢！這麼水靈的姑娘，咱可生不出來。」
害羞的錢茵茵把臉扭向別處，一眼看到那棵漸紅的楓樹，忽地想起洪曉軍。

下班了，錢茵茵走出醫院。查房，打針，測溫，用藥，搶救，便盆，床單，排泄物……一切與病患相聯繫的事物，都可以置於腦後了。

不大不小的省城，所有的建築都蒙上一層秋天斜陽的光輝。馬路兩旁的商店，人們進進出出；小飯鋪的灶頭，吐著時青時紅的火苗；泡茶館的人們神態悠閒，或七嘴八舌地熱議當下新聞。攤販們支著平板車，上面擺著水果、乾雜，大聲招呼著過往行人。黃昏時分，最能領略一城一地的世俗氣氛。然而這一切，對於每天上下班且筋疲力盡的錢茵茵來說，都引不起多大興趣，重要的是回家——吃一口媽媽燒的飯菜，喝上一杯透亮的紅茶，放上一張唱片，讓舒緩優美的旋律從枝蔓婆娑的夜影中緩緩飄起，捧出沒有讀完的小說或詩集，繼續看下去。

坐上公交汽車，經過三站的路程，錢茵茵下車，然後走進一條彎曲的小巷。小巷不長，因似一彎弓，故取名彎弓巷。只要拐進小巷，就聽不到塵世的喧囂。來到家門口，錢茵茵伸手準備按門鈴，忽然覺得自己的背後似乎跟著一個人。扭臉一看，卻是洪曉軍。

錢茵茵驚問：「你怎麼來了？」

洪曉軍開心極了。說：「我待醫院大門外邊等你下班，然後就跟著你走。」

「你怎麼可以這樣？」

「我怎麼不可以這樣？」

錢茵茵急了：「承蒙關心。現在我到家了，你趕緊走吧。」

洪曉軍說：「從下午站在醫院大門之外，再到站在你家門外，我不覺得累，就是有點渴，能不能給我一碗水喝？」

錢茵茵說：「那你就等在門外，我給你端一杯來。」

「好。」洪曉軍說著，伸手按響了門鈴。

錢以智正在小院清掃落葉，就近開了門：來者不是什麼生人，是下班回來的姪女。

「老姑！」錢茵茵叫了一聲。

背後的洪曉軍跟著叫一聲：「阿姨！」

原來姪女身後還跟著一個人，一個小伙子。「你是──」錢以智上下打量著。

洪曉軍立即「自報家門」：「我叫洪曉軍，讀大學四年級。因為經常看望住院的父親，就認識了茵茵，今天恰好又碰上了，順便送她回家。阿姨，不見怪吧？」

錢以智說：「不見怪，我還得謝謝你。」

洪曉軍說：「不用謝，我是順便送她。阿姨，我能進來喝口水嗎？」

「當然可以呀！」錢以智笑了，手臂一伸：「請進。」

錢茵茵瞪了洪曉軍一眼，說：「喝完，你就走。」洪曉軍嘻嘻地笑，進了客廳，恭敬地站到一邊。

錢以智說：「坐吧，我去燒茶。」

「老姑，別麻煩了，我從暖壺裡給他倒一杯熱水，就好。」

洪曉軍忙說：「阿姨，我不想喝熱水，想喝茶。」

「好，你等著。我有很不錯的祁紅。」錢以智有點喜歡眼前這個身材高大、胸膛寬闊的小伙子。

洪曉軍坐下，對客廳張望一番，說：「茵茵，你家和我家完全不同。」

「不同在哪兒？」。

「你家什麼都是舊的，我家什麼都是新的。」

「你知道為什麼嗎？」

「不知道。」

錢茵茵說：「因為我家的人是舊的，你家的人是新的。」

洪曉軍多少能領略出這「新」與「舊」的涵義，說：「我喜歡舊的，包括舊的人。比如老姑，見面才三分鐘，我就很喜歡。」
「我也是『舊』人。」
洪曉軍笑了：「別瞎說了。」
「真的，我生下來就不『新』。」
錢以智雙手端出一個橢圓型銀質托盤，盤內有三個天青色的細瓷茶杯，一把天青色茶壺和一個玻璃糖缸，缸內裡面斜插著一把銀杓。每個茶杯都配有同為天青色的小茶碟。每個茶碟裡放著兩片方形蘇打餅乾。
洪曉軍起身道謝。錢以智擺擺手，說：「別客氣，不就是喝杯茶嘛。」又道：「蘇打餅乾是副食店裡的，可惜，我自己做的小蛋糕昨天剛好吃完。要不然一定請你品嘗。」
錢茵茵得意地說：「不是誇口，老姑做的小蛋糕，比街上賣的好吃。」
洪曉軍對錢以智懇求道：「我能跟著茵茵也叫您老姑嗎？」
「行呀。」
「老姑！」脆脆地叫一聲。
錢以智也脆脆地一聲：「哎。」
洪曉軍揚起脖子，一杯茶灌了下去。錢茵茵看了，急著說：「你怎麼一口喝光呀？」

洪曉軍不回答，只是笑。

「茵茵說對了。」錢以智接過話頭，說：「喝茶不是喝水，喝茶叫品茶。你看，『品』字有三個口，意思就是要一口、一口地喝。」

洪曉軍興奮起來，說：「老姑，謝謝您教我喝茶，我還要喝。」

錢以智笑著給洪曉軍的茶杯續滿。

錢茵茵對洪曉軍說：「這杯你要好好品呀。」

洪曉軍舉起瓷杯，又看又聞。喝後嘆道：「這第二杯還真是比第一杯香。」

錢以智聽了，不緊不慢地說：「《紅樓夢》裡的妙玉說，一杯為品，二杯就是解渴的蠢物。」

「那我就是蠢物。」洪曉軍把茶杯捧在手上，說：「老姑，我以後能再來這裡喝茶嗎？」

錢以智瞥了姪女一眼，說：「那要看我們的茵茵請不請了。」

不等錢茵茵回答，洪曉軍搶著喊道：「我會自己來，不用茵茵請。老姑，你會讓我進門吧？」

「當然。」錢以智還真的有些喜歡洪曉軍，喜歡他的強直。

客廳的一面牆砌著壁爐，壁爐上端懸掛著一幅鉛筆素描畫。畫的是靜物：一把鐵壺，一個玻璃杯，杯子旁邊豎著一個梨，橫著半個蘋果。構圖簡單，筆法單調，配的黑色畫框卻莊重，又寬又厚。壁爐前面，兩把樣式老舊的高靠背皮椅分列左右，另有一張矮腳木凳，方方正正。

洪曉軍問錢茵茵：「你家冬天燒壁爐嗎？」

「是。」

見洪曉軍多少有些詫異，錢以智插了話：「燒壁爐是有些麻煩，但看著紅紅的爐火，才感覺到是在冬天和過冬的趣味。那兩把高背皮椅與壁爐配對，英國貨，還是我從上海搬過來的。」

家具要和爐子配對？洪曉軍第一次聽說。他聽了打量那幅素描，錢茵茵問：「你知道是誰的畫作嗎？」

「不知道。美術方面我一無所知。」

錢茵茵說：「告訴你吧，是我畫的，習作。」

洪曉軍愕然。

錢以智隨即問洪曉軍：「你在哪個學校讀書？什麼專業？」

「我在省城大學化學系讀書。」

「不錯嘛。你的父母做哪一行?」

洪曉軍說:「哪一行?『幹部』一行,都在省農業廳。」

聽到這裡,錢以智不再問話。

錢茵茵看了看窗外漸暗的天色,問錢以智:「我媽呢?」

「今天是星期六,她去曲社了。」

洪曉軍問:「什麼是曲社?」

錢茵茵答:「就是業餘喜歡崑曲的人聚攏一起,吹笛,唱曲。」

「怎麼搞的?到了你家,我好像什麼都不懂了。」洪曉軍再次驚愕:每個人都有家,家無非就是吃飯、睡覺、養老、育小的地方。可是,家與家之間竟有這麼大的差異?

洪曉軍告辭。出了門口,他一把抓住錢茵茵手,攥著,不放。

他們彼此望著,把一座城市週末的喧囂踩在了腳底。

第十節

送走洪曉軍，錢茵茵到廚房給錢以智打下手，繫上圍腰，從竹籃裡拿出薑蔥、青菜。擰開水龍頭，細細的水流緩緩而下。

切著胡蘿蔔絲的錢以智打趣道：「茵茵呀，我看這個洪曉軍愛上你了。」

「老姑，別瞎說。」

「怎麼是瞎說？一看他眼神，就明白了三分。」

錢茵茵低著頭，把幾根香蔥洗來洗去。

錢以智說：「茵茵，你也該有男朋友了。老姑覺得他還不錯。雖然還是個孩子，但很有男人的氣質。」

「非要有男朋友嗎?不管有沒有男朋友，我都是這個樣子。」

「茵茵，去照照鏡子，看看你現在的臉色和從前一樣嗎？」

錢茵茵輕鬆地說：「我和他僅僅是朋友。」

錢以智望著姪女的眼睛，嚴肅起來。說：「一個人一生中總會遇到某個人，他會打破你的原則，改變你的狀態，成為你的例外。」

廚房外面，錢以賢夫婦像琢磨一道數學題一樣，琢磨洪曉軍；錢茵茵也因為這個洪曉軍，悄然進入了人生第一場憂鬱。

風，猛烈地颳著，太陽高掛雲端，但是人們感受不到它的溫暖，秋天彷彿脫下了美麗的外衣，露出憔悴。

每天上午九點左右，就有省報和《人民日報》送進幹部病房。有級別的幹部還會讓所在機關的工作人員，專程給自己送來內部發行的《參考消息》。到了中午休息的時候，錢茵茵常常翻閱報紙，看看時事，更多的是看副刊，她喜歡讀副刊裡的詩歌和散文。今天很是不同，隨著報紙還送來一封信：牛皮信封，印有省農業廳幾個紅字，臺頭是省人民醫院住院部幹部病房錢茵茵同學收，落款是省城大學化學系。

單看信封，錢茵茵就一陣耳熱心跳：這是洪曉軍寫來的！他幹嘛寫信？他要說啥？自己長這麼大，既沒寫過信，也沒收過信，突然收到一個人的信，這讓她非常意外。捏著信封，就像捏著一根點燃的火柴。拆信封的時候，不小心把信紙扯下一綹。錢茵茵有點心疼，生怕把字跡也扯掉了。

打開一看，還好。所有的字都完完整整地躺在哪兒，就像他端端正正地站在她家門口一樣。

信不算長——

親愛的茵茵：

我喜歡你，你是知道的。你喜歡我嗎？洪曉軍是個什麼都敢幹的人，可就是這句話不敢對你說。現在，我把它寫在紙上，等於說了。再重複一遍：我喜歡你！

這個禮拜天，我們一起去郊外吧，我有個同學的全家就住在那裡。你是畫家，帶上畫本。你欣賞風景，我欣賞你。我願意為你服務，給你端茶送水。告訴你，我也買到了安徽祁紅。黃昏，我們目送日落，黑夜，我們燃起篝火。老姑說過：守著爐火才是過冬。而我們，除了爐火還有篝火！我還會給你弄點劈柴，你家該生壁爐了。

我們看篝火，要鬧到半夜，最好週六下午就出發。我會在醫院門口等候，事先找好一輛車，乘車去！決不讓你累著，凍著。你可以約上那個叫賈亞菲的同事。我當然希望那天正輪到她值班。

你別跟家裡扯謊，直說：「洪曉軍請我去鄉下玩，同行的還有女同事。」

在想像中，我正握著你的手。你知道嗎？我有多想你！

洪曉軍

信揣在口袋裡，有空拿出來看一遍，幾乎都能背下來。錢茵茵喜歡文學，她知道情書是作家常用的形式，也是小說中常見的情節，藉以表達男女的愛戀或分手後的哀傷。但真的有一封屬於自己的情書，內心的激動無比，興奮無比，其程度不是文字可以描述的。

信的開頭一句是「我喜歡你！」信的末尾一句是「你知道嗎？我有多想你！」洪曉軍直端端地寫，赤條條地說，搞得錢茵茵頭暈目眩的。雷有聲，水有紋，其實，什麼事情都沒有發生，怎麼內心就「驚天動地」起來？還是姑媽說得對啊——一個人一生中總會遇到某個人，成為你的例外！錢茵茵想：洪曉軍實在是懂得討人歡心。比如，明明是為了到郊外去玩，卻要加上一句：給家裡帶些劈柴。又如，為了讓家人放心自己在外面過夜，故而提議約上賈亞菲。再如，說「事先找好一輛車，決不讓你累著，凍著」。這麼一句話，著實讓人心裡甜甜的，腳底暖暖的。這個洪曉軍以軍人般的奮勇和氣勢，迅如閃電，直插心臟，令自己不及分辨、不容置疑地成為「被愛」，而自己也不容分說地「緊隨其後」。事實不就是這樣嗎？洪曉軍直闖夜班室，要她去借個電爐，她去了；洪曉軍拉她站到楓樹下，要她吃下手中的糖，她吃了；下班後，洪曉軍跟著她到家裡，她也放行了……一切都不可思議，又都順理成章。

錢茵茵無法回絕洪曉軍，是因為在她的內心已經感受到「被愛」的幸福。但是，以後呢？她不敢多想，也不願多想，彼此就做個朋友吧，或者，比朋友更親密一些。女人被男人喚醒，大多是從「被愛」開始。

回到家裡，錢茵茵情緒似乎特別好，哼著小曲洗碗，對著鏡子發笑。姑媽在一邊看著，心裡明白得很，不說也不問。

晚飯後，錢茵茵用抹布擦拭飯桌，用若無其事的口氣對父母和老姑說：「爸爸，洪曉軍給我寫了封信，約我這個週末和他一起去郊外玩玩。」

錢以賢說：「好哇。我們寶貝女兒有追求者了。」

錢以智也湊趣地說：「都鴻雁傳書啦？」

就這麼兩句，錢茵茵的臉紅到脖頸。

錢以賢問：「你願意去嗎？」

「說不清楚。只是我和他交往，不想瞞著家裡。」

錢以智有如一個推舉出來的家長代表，鄭重其事地說：「難得小伙子有心，你就好好準備週末出去玩吧。再說，從你工作以來，也沒好好休息，我們也沒帶你出去玩。」

夜深了，錢氏夫婦和老姑居然都沒有睡意。洪曉軍闖入了錢茵茵的心，也同時闖入了這個家。三個人你一句、我一句地議論著。他們自然高興，但也不乏隱憂：既然洪曉軍的父親患病是住在高幹病房，那他的父親一定是個高幹。而錢以賢兄妹更希望這男孩子來自一個普通的家庭。

第十一節

洪曉軍背著鼓鼓囊囊的軍用挎包，帶著錢茵茵和賈亞菲興沖沖來到省城郊外的一個村舍，趙鐵林的家。

「進來，快進來！」趙鐵林的父母，笑咪咪地站在門口迎接兒子的朋友。

低矮的圍牆，由天然石頭堆砌而成，石縫間隙生出的一窩窩雜草，圍牆的一角堆著劈柴。三間北房有些年頭了，木梁和椽子像是被蟲子蛀過，白色的牆壁一面掛著領袖畫像，另外三面則貼著許多花花綠綠的年畫和宣傳畫。一張大條桌擺著茶碗，飯碗，罐子，碟子，盤子，酒瓶，酒杯，筷子，杓子，醬油，米醋，蔥花，蒜瓣，雜七雜八，應有盡有。屋子的一角有個木隔架，從頂端向下蒙著一塊碎花細布，把裡面的東西遮得嚴嚴實實。

趙鐵林指著隔架，神氣十足地說：「這裡面的玩意兒是咱爹媽專門為貴客准備的，請賞光！」說完，像個魔術師用兩根手指捏著布的底端，猛地撩開：天，眼前不是一座花果山嗎?每個隔子，都堆著各種吃的——花生，瓜子，核桃，梨，糖，麻花，大餅，還有黃瓜，西紅柿。不同的品類都混雜在一起。剎那間，整個屋子都熱鬧起來！

洪曉軍拍著巴掌，喊：「咱們過節啦！」

賈亞菲立即附和：「對。過節啦。」

「大叔，大嬸，你們這樣，我卻兩手空空，太不好意思了！」錢茵茵侷促不安，埋怨洪曉軍：「你怎麼不事先說一聲？我可以燒兩個菜帶來，哪怕是一碗五香毛豆呢。」

洪曉軍說：「我不要你動手，只要你動嘴。」

趙鐵林做個鬼臉，細聲細氣地說：「怎麼不心疼我？我可是忙了一夜的！」

不等洪曉軍回答，賈亞菲接過話頭：「別說了，瞧茵茵的臉都紅了。」

大叔、大嬸要到灶房去張羅飯菜。錢茵茵和賈亞菲口口聲聲說要跟去幫忙，被老人攔住。說：「飯菜都是現成的。」

趙鐵林走到錢茵茵跟前，說：「今天有個菜，叫老豆腐。昨天就把黃豆泡上，今天一大早老爹老媽就磨出來了。濾豆渣，煮豆漿，點滷水，可香哪！城裡當然有豆腐，但一定沒有我家的好吃。」

「謝謝！讓你們一家人費心了。」

趙大嬸拉著錢茵茵的手，說：「多標緻，又會說話，以後不知是哪家的媳婦。」

趙鐵林斜了洪曉軍一眼。說：「媽，你死心吧！反正不是咱家的。」

錢茵茵帶了畫架、畫板和一小盒水彩。她害怕和洪曉軍單獨在一起，害怕和他說話，害怕看他的眼睛。心想，只要躲在一邊畫畫，就可以躲過他。

她來到院子環視一周，決定畫院落的石牆。她一邊支畫架，一邊對身後的洪曉軍說：「現在看來，我真有些對不起你。」

「你什麼地方對不起我？」

「上次你到我家，我們錢家就給你吃兩片蘇打餅乾。」

洪曉軍馬上表示：「我寧願用所有的食品，去換你家的兩塊餅乾、一杯茶。」這話，讓錢茵茵心頭十分快慰，不再說什麼，著手畫那斑駁的院牆。洪曉軍站在她身邊。錢茵茵在紙上勾畫牆的線條，洪曉軍在心裡描畫她的輪廓。看著，看著，心中升騰起惝恍的柔情，竭力壓制的慾望也開始強烈起來。他靠近錢茵茵，低聲說：「我想抱你！」

錢茵茵停下筆，一字一頓地說：「不可以。」

「為什麼？」

錢茵茵說：「沒有原因。」又說：「你不是說要弄點劈柴嗎？去吧，別在這兒打攪我。」

太陽越升越高了，天邊飄著雲彩，空氣清澈，大地散發出秋天的香甜。錢茵茵覺得秋陽就像一個披著白髮的長者，目光和藹，神采煥發，慷慨大度地把成熟的果實奉獻給大地。

心情好，筆下的感覺也好。砌牆的石塊，有大有小，有厚有薄，顏色多為蒼黑或灰白，也有零星的絳色。石縫裡生出的雜草，隨意伸展，草色不一，有綠有黃。安靜的石頭和沉默的野草，映入錢茵茵眼底都活潑躍動，生機煥發。不知何故，她把一窩草染綠，那種肥綠；把另一株抹黃，那種死黃。兩窩草，讓錢茵茵心頭傷感起來。

夜幕籠罩，篝火燃起。火焰像一綹綹碎布條，在空中抖動，伴隨著細細煙柱，彎曲向上，瀰漫四散。火苗如舌，舔著有粗有細的柴木和樹枝。新鮮的樹杈被燒得吱吱直響。火勢漸熾，紅紅的火光搖曳飛舞，氣氛也活潑熱烈起來。人們稍稍離開火堆，圍成一個圈子坐著。每個人向著篝火的一面是紅彤彤，背著一面則暗幽幽，個個興奮，臉蛋紅紅的。

洪曉軍看了身邊錢茵茵全神貫注盯著火苗的神情，覺得自己心愛的姑娘正在感受著愜意和快樂。他往她身邊挪了挪，見錢茵茵沒有反應，一屁股就緊貼著她坐下。

趙鐵林大受啟發，對賈亞菲說：「你敢過來挨著我坐嗎？」

「這有什麼不敢！茵茵是我的榜樣。」

一句話，惹得所有人都笑了。

趙大叔開了口，說：「守著這麼好的篝火。年輕人還不唱個歌，跳個舞，也讓咱鄉下人開開眼。」

洪曉軍第一個鼓掌，說：「贊成！告訴各位——我是準備了節目的，不過要放在最後。」

一場「篝火晚會」，開始了！

趙鐵林自告奮勇說：「我是主人，先帶個頭兒，精彩的在後面。」跟著，扯起嗓子唱起了電影《鐵道游擊隊》裡的插曲：

西邊的太陽快要落山了，
微山湖湖上靜悄悄。
我彈起心愛的土琵琶。
唱起那動人的歌謠……

還好，沒跑調。唱到副歌，大家熱烈地應和。

第二個是賈亞菲。人家一點不扭捏，說：「我做幾個鄂爾多斯舞裡的動作，瞎跳，你們湊合著看吧。」人家起身就跳：胳臂左右伸開，大腿抬得老高，接著雙手掐腰，兩個肩膀像錯位一樣，一前一後地擰過去、擰過來。脖子直挺，下巴高揚。嘴角緊閉，一副睥睨神色——動作一次次重複，圍著篝火做了一圈。這個有名的蒙古舞蹈，被賈亞菲跳得活像提線木偶。

「好，好！」趙鐵林帶頭鼓掌，大家又笑起來。

該錢茵茵了。她說：「我不會唱歌跳舞，給大家朗誦一首詩，外國的。」

說罷跑回北屋，捧出一本《莎士比亞詩選》。

洪曉軍說：「讓你來玩，想不到你還帶書。」

「主要是擔心晚上睡不著的話，可以翻翻。」錢茵茵翻到一頁，隨意地讀了。

讀完，錢茵茵鞠躬致謝，洪曉軍帶頭熱烈鼓掌。

把氣氛推到高潮的是趙大嬸自告奮勇的扭秧歌。別看身體有些發福，但動作熟練：兩腳有節奏地走著「十字步」，兩隻胳臂豪邁地大開大合，嘴裡哼著「鑼鼓點」。剛轉了一圈，丈夫趙大叔和兒子趙鐵林也跟上，獨舞變成全家舞。最後，大家扭在一起，也笑成一團。

火堆裡剩下餘火，柔和又黯淡，隨後逐漸熄滅，彷彿一個人從美夢中醒來，蒼涼而寂靜。洪曉軍說：「下面看我的了。」

他從一路上始終貼身背著的軍用挎包裡取出用報紙包好的、一個鼓鼓囊囊的東西，又對趙鐵林說：「去，給我找一枝香。」

撥開兩層報紙，大家一看：原來是一尊泥人，半尺來高，頭頂有個眼兒，用紅紙封著。
洪曉軍說：「自製的煙花，這是我的禮物，也是我的節目。」
趙鐵林在肩膀上給了他一拳，說：「好哇，曉軍！這本事從來不露，今晚才端出來。我知道這個節目是送給誰的。」
賈亞菲喊道：「給茵茵的！我們跟著沾光。」
「你別胡說。」錢茵茵馬上申辯。
洪曉軍說：「不是胡說，我就是為你製作的。」
看著有模有樣的泥人，趙大嬸嘆道：「孩子，你太了不起了。」
「大嬸，這有啥了不起，我是化學系的。三硫二硝一木炭。」洪曉軍解釋了一句。
賈亞菲問：「從泥人腦袋上，能噴出什麼來？」
洪曉軍說：「煙火嘛，就是噴出帶顏色的火光來。」
趙大嬸好奇地問：「是把染衣服的顏料塞進去嗎？」
趙大叔瞪了老婆一眼，說：「不懂，就別瞎問。」
洪曉軍像個老師講解起來：「發光劑是鎂粉，各種顏色是各種金屬鹽類。紫色是鉀鹽，橙色是鈣鹽，黃色是鈉鹽。我這裡裝的是銅鹽，銅鹽發藍光。」

「藍光好看！」錢茵茵兩手合攏放在胸前，眼瞼微閉，一副陶醉的樣子。

「我猜你就會喜歡。」洪曉軍說。

煙火瞬間噴發，閃射出藍色的光，先是細弱的，繼而粗直起來，向上衝，衝，衝，帶著光亮，帶著藍色以及煙的味道。

趙鐵林激動了：「曉軍，你真行！」

「這點玩意兒算啥。」洪曉軍拍著胸口，說：「給我材料，我能做出炸彈來！」

夜轉深。

趙家老倆口搬到西屋，把自己住的房間讓給錢茵茵和賈亞菲。儘管很晚了，可兩個女孩毫無睡意。小木桌上有暖瓶和水杯。一張大床，足夠兩人橫著躺，豎著睡。錢茵茵見床上鋪的、蓋的都是全新的，即對賈亞菲說：「咱們玩這一趟，讓趙家破費了。」

「是呀。」

「以後咱們可不能這麼玩了。」

賈亞菲說：「我看這由不得你，萬一洪曉軍要再來呢？」

「那就叫他一人來，反正我不能再打攪人家了。」

「我看他還得帶你來。這次放花，下回放炮。」
「他放什麼，我都不來。」
賈亞菲撇撇嘴，道：「瞎扯，你沒看出來嗎？傻子都看出來了——洪曉軍到鄉下搞篝火晚會還不是為了你一個。」賈亞菲從暖瓶裡倒了半杯白開水，喝了一大口。說：「我直說了吧，他愛上你了。這『敵情動態』，我在醫院就發現了。只要你一出現，他的眼睛就沒離開過你。茵茵，洪曉軍不錯，你倆挺般配，以後——」
錢茵茵打斷賈亞菲的話頭：「沒有以後。」
賈亞菲一步站到錢茵茵跟前，說：「真的沒有以後？茵茵，我看你也是情意綿綿的。」
「我們不說這些了。」錢茵茵坐到床沿，摸著嶄新的床單，問：「亞菲，有沒有可能這些東西是洪曉軍事先買好，提前送來的？剛進趙家，就看見架子上堆著那麼多吃的，我心裡就起疑。現在又是全新的臥具。我敢斷定，就是他搞的把戲。」
賈亞菲附和道：「有可能。」
「你知道這叫什麼嗎？」
「這叫什麼？」
錢茵茵說：「這叫籠絡人心。」

賈亞菲大笑：「籠絡人心？不對，是籠絡你的心。」

天很深了，院子裡悄無聲息。錢茵茵說：「亞菲，你洗臉漱口，上床睡覺。我想看看書。」

賈亞菲拿著自己備好的洗臉毛巾和牙膏牙刷，去了廚房。錢茵茵從書包裡拿出詩集，看了起來。

「我可以進來嗎？」這是洪曉軍的聲音。

錢茵茵答：「我們都要睡了。」

「我就待一會兒。」不等對方答覆，他已經推門進來。

錢茵茵問：「你有事嗎？」

「沒啥事，就是想看看你。」洪曉軍伸手拍了拍被子，說：「你們晚上不冷吧？」

這話引出錢茵茵的心裡話：「曉軍，請告訴我，趙家豐盛的食物和這些新床單、新棉被，是不是你事先買好送來的？」

洪曉軍毫不申辯，伸開雙臂一把抱住錢茵茵，喃喃道：「我愛你。」

錢茵茵力圖掙脫，反而被抱得更緊：「快放開，賈亞菲洗臉刷牙去了，馬上就回來。」

「我讓她去鐵林那兒了。」

「你！」

洪曉軍幾乎是在用一種哽咽的聲音，說：「我愛你，你愛我嗎？」少女的情感像春草萌芽，自然而然。這句話是她期待的，也是她畏懼的。她沉默無語，內心卻是萬丈波濤。

洪曉軍用手掌抬起她的下巴。在這個最溫暖的距離裡，相互對望。洪曉軍用自己的嘴急速地尋找另一個嘴唇。錢茵茵根本無法躲避，最終閉上眼睛，接受了他的吻，初吻也是強吻，肆意且粗獷：吻她淺淺的酒窩，吻她紅紅的雙唇，吻她的前額，吻她的下巴，繼而把舌頭探進了她的口腔，緩緩地攪動，一隻手按住錢茵茵顫抖的前胸，另一隻手摟定她的後背。錢茵茵整個人就像被電擊一樣，要不是被死死抱住，幾乎要暈厥過去。吻，讓她忘記了一切，久積於心的壓抑，彷彿被大風吹走。

錢茵茵時睡時醒地過了一夜。天剛濛濛亮，就起來了。推門張望，晨霜滿地，宛如童話。牆頭野草微微搖曳，天空籠罩在薄明之中。她站立院中，不禁想起昨天那勾魂攝魄的狂吻，在無盡的回味中又一次激動起來：這是怎麼啦？什麼時候變得如此輕薄？錢茵茵問自己：沒早一步，也沒晚一步，於無限的天地間，在無涯的時光裡，愛的慾望爆發了，有如那噴射而出的藍色煙花。

還是那輛車，按約定的時間，停在趙家院牆外面等候。匆匆吃過早飯，錢茵茵收拾好畫板，賈亞菲背上書包，洪曉軍帶上一小捆劈柴，三個人返回省城。洪曉軍要賈亞菲坐在副駕駛位置，他自己坐在後面，和錢茵茵並排。走上一段土路，路面坑坑窪窪。車子有些顛簸，洪曉軍順勢從後背摟住錢茵茵的腰。晨霜已經消退殆盡，太陽從遠處射來冷冷的光。一路上，錢茵茵感受到的不是寒意，而是溫暖。漸漸地，她調整了姿勢，靠在洪曉軍的臂彎裡。

駛入城裡，賈亞菲地下了車。車子向錢家的彎弓巷駛去。洪曉軍對司機說：「開慢點——」

洪大力的司機會意地點點頭，說：「我知道。」

到了錢宅門口。二人下了車，小轎車開走。小巷寂靜，沒有行人。錢茵茵不讓洪曉軍扛著劈柴進去，說：「我拿得動，你趕快回家吧。」

「我還不想回家。」

「我要回家休息了。」錢茵茵說著，從畫夾裡拿出那張水彩畫，雙手遞到洪曉軍手上，說：「整整一天，我過得很愉快。知道你用了許多心思，這張畫就算我送給你的禮物，也是我對你的酬謝。」

洪曉軍接過畫。說：「茵茵！我要天天和你在一起，我會讓你每天都快樂。」

「不可能。」

「怎麼不可能？我一畢業，就娶你！」

旱地驚雷，落瀑擊頂，錢茵茵完全怔住了。她竭力掩飾內心的震驚與慌張，急促道：

「你別胡說！趕緊回家。」

洪曉軍雙腳併攏，一隻手搭前胸，如軍人宣誓。說：「請相信我！我會用生命印證我的感情。」

第十二節

王月珍發現了兒子的變化。

一個變化：兒子臥室裡有了一張水彩畫。畫面是鄉間庭院的一截石牆，灰黑色的石，黃綠色的草。一張不怎麼樣的圖畫，洪曉軍視若珍寶，不但配上講究的畫框，還掛在最顯眼的地方。王月珍數次進房間，都發現兒子在看畫，神態痴呆。不知道這張畫好在哪裡，值得這樣反覆地看！

另一個變化：兒子開始注意儀表。以前他胡亂穿衣，有時還髒兮兮的。衣服髒了，也不知道換一件。往往是姚媽拿著乾淨衣服，盯著他把髒衣服脫下來。現在不同了，一件襯衫穿兩天，就遞到姚媽手裡，說：「該洗洗了。」

再一個變化：老往外跑！常常一跑一整天，挺晚回家。回到家裡，跟父母敷衍兩句，就回到自己的房間，把門關上。以前的兒子可不這樣：不到上床睡覺，是不關門的。王月珍以為他關起門搞什麼鬼，故意找個茬兒敲兒子的門。進去一看，什麼「鬼把戲」也沒有。

洪曉軍愛往外跑，原以為是去了學校，後來發現不是去學校。兒子到哪兒去了？王月珍問過，回答不是說有課，就是說有事。問兒子到底有什麼事，一會兒說是去看展覽，一會說是去書店，若晚間出去，則說是看電影，聽音樂會。王月珍有些納悶：兒子對博物館，圖書館，音樂會這類風雅之事，從不感興趣。什麼時候興趣改變了？王月珍決定要打探一番。

一個週日的上午，見兒子又要外出，母親遂問：「好不容易有個星期天，還不在家休息休息，我讓姚媽做點好吃的。」

兒子說：「我要去看個畫展。」

母親問：「你一個人去看嗎？」

「不，和同學一起去。」

「你什麼時候懂美術了？」

兒子答：「我不懂，有人懂。」

「你的同學都是學化學的。」

「有不學化學的。」

「誰呀？」

「媽，你看見我房間裡的畫了嗎？就是畫這幅畫的人帶我去看畫展，聽音樂，買新書。」

「他（她）是個女的吧？」

「是。」

「曉軍，你是不是在談戀愛呀？」

「是。」

王月珍正色道：「曉軍，你現在還是個學生。」

「是。」

一連回答三個「是」，看來人家急著要出門，毫無談話的興趣，王月珍只得跟在屁股後面叮囑一句：「知道自己是學生就好。趕快收心，好好讀書。」

洪曉軍停下腳步，轉身對母親說：「因為我是學生，所以僅僅是戀愛。」

「什麼叫僅僅是戀愛？」

「我現在不能解釋，以後你就知道了。」洪曉軍丟下這麼一句話，走了。

王月珍不怪兒子，因為在情感問題上，他和所有的男孩子一樣，完全聽憑慾望的支配。但是，做母親的需要知道那女孩子是什麼人？姓啥名誰，文化程度，家庭出身，本人職業，社會關係，相貌人品，性格愛好等等，人事幹部所必需掌握的基本情況，她要掌握；人事幹部未必需要掌握的，她也要掌握。因為這個女孩子不是她的下屬，而是她的兒媳，一個進入兒子的懷抱、進而走入她的家庭的女人，非同小可，不可等閒視之。世上所有的花，盛開之時都很美，自己覺得美，別人看著也覺得美，之後呢？從兒子嘴裡提供的情況來看，這女孩子通音樂，喜美術，愛閱讀，估計人也是漂亮、優雅。這一切是洪家人不具備的，難怪兒子一下被迷住，爆發戀情。王月珍覺得戀情越是美，也許就越是短暫，有如陽光下的水珠，蒸發後不留一點痕跡。事情剛剛起步，尚無一點眉目。除了責怪兒子過早戀愛，還有什麼可說呢？但是，自己真的有必要著手調查對方。

洪曉軍不在家，丈夫午睡正酣，她走進兒子的臥室隨便看看，最先映入眼簾的是書櫃。原來書櫃存放的基本上是化學專業的書籍，以及《雷鋒日記》、《創業史》、《鋼鐵是怎樣煉成的》等革命文學作品。這次再看，發現增添了許多新書，而大部分是西洋作品。如《傲慢與偏見》、《霧都孤兒》、《俊友》、《紅字》、《復活》，一些她不知道的作家和作品都密密麻麻地擠在一起。她意識到閱讀方向的改變，大半與那個「她」相關。

王月珍在書桌前坐下。書桌的抽屜沒有安鎖，自己也從來沒有拉開來看過。這個家日子過得簡單有序。丈夫是軍人背景，妻子是政工幹部，兒子還在讀書，誰的心裡都沒有祕密，誰跟誰也沒有矛盾。別看王月珍在機關裡以翻閱查找每個幹部的個人情況為業，但是她在家裡是絕不翻閱查找別人的物品。然而，今天下午，她有了例外！王月珍很想進入兒子的內心。理由嗎？很簡單：兒子心裡有了一個女人。母親有權利、也有責任去了解這個女人。

拉開中間的大抽屜，裡面有地圖，剪刀，捲尺，橡皮等等雜物，靠近裡面有幾個大小不一的筆記本，筆記本底下壓著一疊信箋，這吸引了她的注意：兒子從來不寫信，怎會藏有信紙？王月珍把它們從抽屜裡取了出來，擺到書桌上。這一看，嚇了一跳。

第一頁寫了五個字，一個冒號——錢茵茵同學：

第二頁寫了四個字，一個冒號——茵茵同學：

第三頁寫了八個字，一個冒號——親愛的錢茵茵同學：

第四頁寫了六個字，一個冒號——親愛的錢茵茵：

第五頁寫了五個字，一個冒號——親愛的茵茵：

第六頁才見到了信，有可能是個底稿——

親愛的茵茵：我喜歡你，你是知道的。你喜歡我嗎？洪曉軍是個什麼都敢幹的人，可就是這句話不敢對你說。現在，我把它寫在紙上，等於說了。再重複一遍，我喜歡你……

誰是錢茵茵？這是王月珍首先想到的！快速轉動記憶：啊，想起來，不就是丈夫生病住院，在幹部病房工作的那個護士嗎？一個不錯的姑娘，年輕又漂亮。洪大力說過：邱聞道是醫院裡最好大夫，錢茵茵是醫院裡最好的護士。當時自己也曾附和：「這麼水靈的姑娘，咱可生不出來。」現在可以斷定：兒子愛上了她。單是如何稱呼，人家就用壞五張紙，足見多用心。當讀到「我願意為你服務，給你端茶遞水」一句，王月珍心裡「醋醋」的：兒子什麼時候給自己端過茶、遞過水？丈夫什麼時候給自己端過茶、遞過水？這個家，啥都不缺，就缺感情。所以自己這輩子無法飛翔，只能過瑣碎的日子。

看完信，王月珍依舊坐在書桌前，紛亂的思緒如奔湧的河水，一浪推一浪，從眼下推到了從前，從兒子的身上推進了自己的心坎，可謂感慨萬千：自己也曾有過青春，但有過愛情嗎？沒有愛情，一丁點兒也沒有，只有婚姻，而婚姻全由組織包攬。洪大力啥時候寫過情書？哪怕只有一次；洪大力啥時候說過「我愛你」？哪怕只有一次？對男女而言，一生最重要的、且牢記終身的時刻就是新婚之夜：人家不親你，不摸你，上來就「射擊」，什麼都沒有開始，就宣告結束。黑暗中，常常是在床腳摸到短褲衩，自己慢慢穿上，而洪大力已然睡去。什麼東西只要變得粗糲，就不當回事兒了。幾十年來她和洪大力的夫妻生活，就是這個，只有這個。這樁婚姻是服從於現實、屈從於現實的選擇。對此，她終身有憾。但是這樁婚姻又是獲得實惠、獲取利益的基石。為此，她又一生無悔。把生活中沒有愛情的那些部分及少女情懷，全部嚥下。除了吞嚥下去，王月珍什麼都不嚮往了，女人最美好的剎那，充其量不就是裙裾褪下、肢體飛揚的一瞬嗎？

洪大力午睡起來，姚媽送上熱手巾，他擦了把臉；姚媽遞上一杯茶，他喝了幾口，就走進書房，坐在軟椅上閱讀從廳裡帶回的文件。現在形勢發展很快，需要緊跟才行。經過三年困難時期，國民經濟受到沉重打擊，中蘇關係嚴重惡化，毛澤東主席堅定了領導中國人民「自力更生、艱苦奮鬥」的信心和決心。中共中央樹立了兩個典型，一個叫大慶，一個叫大寨，在全國範圍掀起了「工業學大慶、農業學大寨」的高潮。緊跟著，林彪同志提出了「突出政治的五項原則」，它很快成為指導各行各業的工作方針，每個部門可以根據業務的不同，工作有所增減，有所側重，但都必須「突出政治」。對於奮鬥在農業戰線的幹部來說，重要的任務就是如何創建「全國大寨式」的農業典型。為了建立一個符合要求的典型，洪大力和農業廳各個科室，下了大氣力，投了大本錢。找好了「點兒」，修馬路，修梯田，修水渠，買種子，買化肥，買農藥，買這買那，對一個大隊的投入，比一個公社的投入都要多。本省的典型剛剛有個樣子，中央又下達了「社教」的任務。時代的流雲像書頁，一頁一頁地匆匆翻過，洪大力即使身為廳長，又參加省委的重要會議，但從雲縫中觀察吐露出來的「天象」，卻讓自己更加迷濛。總之，口號一個比一個響，任務一年比一年多，洪大力感覺自己的身體真有些吃不消。很想找個風平浪靜的黃昏，一個人看看日落，好像自打參加革命，就沒有這樣的機會和日子。

文件還沒看上兩行，王月珍拿著一張信箋來到他的跟前。洪大力問：「有什麼事嗎？」

「當然有啦，還是件喜事。」說著，把洪曉軍的情書草稿往他大腿上一拍，說：「你瞧好了，看看這是什麼？」

讀罷，洪大力面露喜色，說：「好啊，咱兒子談戀愛了，也該談戀愛了。」

王月珍說：「你知道錢茵茵是誰嗎？」

丈夫立刻記起：「不就是我住院時，在幹部病房工作的那個護士嗎？」

「對了，就是她。」

「不錯，曉軍有眼力。今後咱有個家庭護理了。」洪大力把信箋又掃了一遍，遂向妻子問道：「這封情書從哪裡來的？我想，曉軍不會主動拿給你看吧？」

王月珍說了實話，不料引來埋怨：「你別把人事幹部那一套辦法，拿到家裡來！兒子知道你偷看他的情書，還不跟你鬧翻？」

「我馬上放回去。只要你不說，他不會知道。」

洪大力氣呼呼地說：「是不是你還要去調查錢茵茵？」

王月珍陡然生出怒氣和惡意：「我當然要調查！」口氣莊嚴之至。

窗戶「啪」的一聲突然打開，起風了！

第十三節

省委大院占據著省會最重要的地段，它的建築是這座城市最氣派的。錢以賢和其他所有市民都歸屬它的統轄與管理，但百分之九十九的人都沒進去過。灰色的高牆，濃密的松柏，華麗的燈柱，站崗的衛士，一座毛體「為人民服務」紅色大字的巨型影壁，阻擋了所有人想一探究竟的視線。可是從這裡經過的人，不約而同地都會看上幾眼。這條街的路面平直，油亮油亮的，僅有一條公交線路駛過，更多的是騎自行車的或步行者。其中一些人是特意來看省委大院的。

錢以賢在省城工作多年，今天第一次去省委大院開會。他有意提前到達，為的也是能看看這座肅穆又堂皇的建築。進得大院，迎面就是數排整齊的老松。錢以賢走到一株粗大的老松跟前，兩手相扣也抱不攏來，仰望樹冠，筆直地插入雲端。錢以賢心裡估摸，它大概有一、二百年的壽命吧？任你酷暑嚴寒，它們卻活得穩穩當當。

院內東側有並列的平房九間，青磚灰瓦，整潔畫一，別看不起眼，卻享有盛名。因為省委大院的前身是一個地方軍閥的府邸。軍閥有名，姨太太也有名，姨太太名氣不在於年輕貌美，在於燒得一手好菜。九間平房就是她的廚房，且不說烹炒煎炸，單是泡菜、鹹菜、醬菜，大大小小的罈子、缸子、罐子就有幾十個，占了九間中的三間。有專人伺候，他們每日須把罈罈罐罐逐一看過，看菜，看水，看色。據說每到揭蓋的時刻，牆外總有婦女伸長脖頸，大口吸氣，紛紛道：「香啊！」

現在九間房打通數間，做了狹長形狀的會議室，可容納不少人。今天，錢以賢就在這九間房開會。內容是聽傳達，傳達一份題為《農村社會主義教育運動中一些具體政策的規定》的中央文件。前些日子，單位領導找他談話，說全省馬上就要開展一場「社會主義教育運動」。為此，省委周密部署，成立了陣容龐大的社教工作團，由一位省委書記任總團團長，下設若干分團，其中一個分團，由全省直屬文化系統組成。新華書店黨支部經過研究，決定派錢以賢參加社教工作團。

錢以賢問：「除了我，還有誰？」

領導答：「我們這個單位就你一個。其他單位如省圖書館，省博物館，省群眾藝術館，省電影發行公司，省話劇團，省歌舞團，省戲劇學校，省曲藝隊，都抽調了一個或兩個幹部參加。」

錢以賢又問：「組織上為什麼要單單派我參加呢？」

領導答：「這是政治任務，我們是出於對你的信任，同時也考慮到你的業務。省委組織部的人說了，在工作團裡一定要配備精通財會業務的人。因為社教運動中深入到公社、大隊、生產隊以後，除了對那裡的幹部清理思想以外，還要清理經濟。省裡的幹部別看有文化，可大多看不懂帳本，怎麼辦？所以就要派你這樣的人去。這是黨組織對你的培養。當然，對於知識分子來說，這是政治考驗，也是改造思想、脫胎換骨的大好機會。」

心情複雜的錢以賢表示接受任務，也必須表示接受。說，自己會好好幹的。回到家裡，就趕忙把下鄉「社教」的事對家人說了。妻子驚愕，老姑氣憤。

老姑問：「你要走多久？」

錢以賢說：「說是三月以上，半年一期。」

老姑嗔道：「你怎麼輕易地表示『接受任務』呢，就不能找個理由拒絕？」

人要有一點點優勢的話，首先就會體現於一事當前，自己是否擁有選擇權。錢以賢哭喪著臉說：「我的情況，你倆不是不清楚，哪裡有選擇的權利？找你談話，就是叫你去，根本沒價錢可講。」

妻子的臉上泛起了愁雲，說：「三年困難時期剛過，城裡好不容易能買到點吃的。現在讓你下鄉，不是又要你去挨餓嗎？什麼政治任務重要，思想改造重要，我看，都不如自己重要。」

錢以賢說：「我發愁的不是自己下鄉，而是我走後，你們三個女人的日子該怎麼過？」

老姑說：「告訴你吧，我們三個人在城裡吃的是飯，你一個人在鄉下吃的是飼料。」

錢以賢低著頭。他根本無法對付這兩個女人的埋怨和責怪。因為，她倆說得都對，他壓根兒也不想下鄉，參加與自己毫無干係的「社教」。

社教運動似乎比以往任何一次運動都重要，說它直接關係到政權的性質，因為中央有人發話了，說：「有三分之一的政權不在我們手裡。」任務艱巨，需要澈底清理革命隊伍，有的地區要重新劃分成分，每個生產隊都要清查帳目。「敵情」如此嚴重，每個社教隊員必須住到最窮苦的貧下中農的家裡，「扎根串連」，同吃，同住，同勞動。這些話，錢以賢坐在後排，聽得仔細。講者為中年女性，下垂的嘴角和鋒利的眼神以及說話的語氣，帶出一個有身分幹部的威嚴。會議的最後是介紹這個社教分團的組成情況。雖然所有成員都來自省直文化系統，但分團團長和副團長都是省農業廳幹部。副團長就是剛才講話的王月珍。

這時，錢以賢聽見旁邊有兩個女同志在悄悄議論——

「你知道她是怎麼當上人事處長的嗎？」

「不知道。」

「人家丈夫是廳長。」

「哪個廳的。」

「就是農業廳唄。」

「難怪。」

農業廳？好像誰說過農業廳廳長？錢以賢腦子如電影回放，快速倒帶，很快定格在女兒的男友身上。沒錯，就是他——洪曉軍。他的父親洪大力就是農業廳廳長，因嚴重的心臟病住院在高幹病房，女兒負責對他的護理。他的兒子由此認識女兒，二人互相往來，彼此吸引，似乎是戀愛了。眼前這個威嚴的女人無疑就洪曉軍的母親。錢以賢的懷裡好比揣上了一個包袱，沉甸甸的。

自擔任省委社教團文化系統分團副團長以來，王月珍就表現出空前的熱情，分團全體成員的花名冊送到辦公室，她從第一頁看到最後一頁。第一印象就是太簡單。每個一個成員，只註明了性別、年齡、籍貫、職業、政治面目。為了便於掌握更詳細的情況，王月珍向總團匯報，說自己打算把文化系統各個單位的人事處負責人召集起來開個會。總團負責人對省內文教系統相當熟悉，他說：「不用召集會議，告訴你一個情況——

文藝單位有問題的人比較多。比如，有的人是男女作風問題；有的人是同性戀問題，有的人是政歷問題。這些糟糕的情況，不宜在花名冊寫明，只能內部掌握。這樣吧，明天讓總團祕書給你送去一份機要材料。」

機要材料來了，果然讓王月珍吃了一驚。單是男女作風的人，就好幾個，歌舞團的作曲家和話劇團的女演員，是一對非法通姦者，對這個兩人，王月珍想好了：分組的時候，定將二人分開，還要隔得老遠。戲曲劇團有一個編劇叫張雨荷，出身資產階級，父親是知名右派，私下裡總是散布對現實不滿的言論。王月珍想好了，在分派入住農戶的時候，叫她住在最窮的一家，要讓這個資產階級小姐吃點苦頭。新華書店派出的幹部叫錢以賢，是國民黨軍需中校，精通會計業務。王月珍也想好了，就放在公社，哪兒需要查帳，就把他帶到哪兒。因為社教運動後期以清理經濟為重點，查不出帳來或查出的數目太少，都能直接影響分團的工作業績。依據自己長期人事工作的經驗：凡有政治歷史的人，經過多次運動的整肅，一般都比較老實、膽小，這個錢以賢一定好管，也好用。

「社教」動員大會上，成員們個個表態，慷慨激揚，說能下鄉參加「社教」是黨的信任，也是自己的無上光榮。可是到了分團集合那一天，幾乎人人面帶的苦相。因為是下鄉工作，還要同吃，同住，同勞動，所以每個人都找出最舊、最破的衣服穿上，整個隊伍有點慘不忍睹。例外的人也有，比如那對「狗男女」，男的穿著薑黃色呢子短大衣，衣領豎著，像個好萊塢硬派小生。女的掐腰小花襖，足蹬半高跟黑皮鞋。另一個中年男人也引人注目：一套玄色的中山裝，收拾得乾乾淨淨。

昨天吃晚飯，兒子主動提出要送媽媽下鄉的時候，王月珍夾菜的筷子居然停在半空。到了集合地，做為領隊的王月珍一點沒閒著，從口袋裡掏出「花名冊」，準備清點人數。正待打發兒子回校，誰知兒子不在身邊。她四下張望：發現洪曉軍站在那個腰板筆挺、穿著合身得體的中年男人跟前。二人交談著，那男人笑容可掬，洪曉軍則是滿臉興奮。

他是誰？他倆怎麼會認識？王月珍有點奇怪，自己覺得有必要問來。她走他們身邊，對兒子說：「曉軍，時間不早，你該回學校了。」

洪曉軍說：「不忙，我把你們送上車，再走。」

王月珍更奇怪了。這時，錢以賢禮貌地把身子微微前探，客客氣氣地說：「王團長，我叫錢以賢，是省新華書店的幹部。感謝組織批准我這次參加『社教』工作團，希望能得到領導的幫助。」

不等王月珍回答，洪曉軍迫不及待地接過話頭：「媽，錢叔叔就是錢茵茵的父親。」

王月珍一驚！

有人說：你生活中最重要的事，就是你當下所做的事；你生活中最重要的人，就是眼下和你在一起的人。

第十四節

聖誕節到了。

洪家不過聖誕，過元旦。元旦放假一天，無非是機關全體員工團拜，家裡備一桌飯菜，寫字檯換上新檯曆。洪曉軍照例去學校，參加化學系的聯歡晚會，唱唱歌，跳跳舞，同學間交換小禮物。這就是「送舊迎新」了。

離元旦還有些日子，洪曉軍就已經興奮起來，因為收到錢茵茵的信函。說是信函，其實是個便條，上面說：父親在鄉下，要到春節才放假回城，怕母親寂寞，想邀請他和邱聞道在十二月二十四日下午到錢家晚餐。

看了便條，洪曉軍對父親說：「新年快到了，今年又特別冷。爸，給點錢，我要買件毛衣。」

洪大力從口袋裡掏錢，站在一邊的洪曉軍說：「多給我一點。」

在老子的印象裡，兒子跟自己要錢、還要求「多給一點」，是開天闢地頭一遭。看來孩子真的長大了，懂得乾淨，喜歡漂亮，做為父親也是高興，說：「要不要等你媽從鄉下回來，帶你去買，也幫你挑挑。」

「不，我想自己買。」洪曉軍又問：「媽媽什麼回來？」

「她來電話，說就在這一兩天。」

兒子說：「『社教』團不是要到春節才回城嗎？」

這話讓老子有些吃驚，說：「你怎麼知道？」

「錢茵茵告訴我的，他爸也在鄉下搞『社教』，還和咱媽分在一個分團。媽是領導，可以回家。錢叔叔不是領導，不能回家過新年。是這樣嗎？爸。」

洪大力不說「是」，也不說「不是」。徑直問兒子：「你和錢茵茵現在是個什麼關係？」

「我愛她。」

「她愛你嗎？」

「也愛。不過，沒我愛得深。」

洪大力把錢遞給兒子。說：「你是給她買毛衣吧。」

兒子「嘿嘿」地笑著，一溜煙走了。

他來到最大的一家百貨公司，東挑西揀半天，總拿不定主意，似乎沒有一件配得上錢茵茵，不是顏色不對，就是款式不好。旁邊的女售貨員問：「是買給你的對象吧？」洪曉軍不好意思地點點頭。

女售貨員在問清了「對象」的相貌、皮膚、胖瘦，身高以後，就從櫃檯裡拿出了一件淡紫色高領毛衫。說：「既然她美得像仙女，這個顏色就最好。」

「是不是素了點?她可比黃梅戲《天仙配》裡七仙女還要漂亮。」

女售貨員告訴洪曉軍：「花的能遮醜，素色才最挑人。像這個淡紫色，又乾淨、又高貴。皮膚不白、長相不美的姑娘，根本就『架不住』。」

洪曉軍二話沒說，付款買下。

黃昏未到，洪曉軍到了錢家。問候了蔡氏和老姑，竟沒見到錢茵茵。老姑說：「她去接邱主任了，順便把我給老邱做的一碗八寶飯帶去。」

洪曉軍問：「老姑，您跟邱主任很熟吧?」

蔡氏打趣道：「豈止是熟!聞道和以賢是同學，兩個人的往來大半在學校。後來他才知道以賢有個出類拔萃的妹妹，就猛追起來。可惜，錢以智小姐已經有了心上人。但這不妨礙他和錢家之間的友誼，難得啊。」

聽了這樣的「介紹」，老姑頗有些得意說：「老邱對我說，『以智呀，今後你的身體健康就包在我身上了，而且免費。』曉軍，你知道嗎？這樣的待遇，比當他的老婆還值。可惜，自他誇下海口，我就沒生過病。」

因為是聖誕節，錢家人穿著與以往不同。蔡氏穿的是墨綠色絲絨襖，深灰色褲子。老姑的絳色毛料旗袍，把腰身襯托得非常精緻，領口處別著一枚紅瑪瑙的橢圓形胸針。洪曉軍非常喜歡錢家的氣氛和錢家人的樣子。洪曉軍再打量客廳，發現窗簾換了，換成誘人的玫瑰色。茶几旁邊擺了一大盆「一品紅」，葉子紅得讓人心顫。桌子正中放著銀色的燭臺，三根蠟燭亭亭玉立，等候著來客。不多的點綴就和以往大有區別，熱烈而典雅。

洪曉軍從挎包裡拿出一個紙盒，對蔡氏和老姑說：「蔡阿姨，我給茵茵買了件毛衣做為新年禮物。請您二位鑑定一下，看看行不？也不知道茵茵是否滿意。」

蔡氏嗔道：「你還是個學生，怎麼好讓父母為茵茵禮物掏錢呢？」

洪曉軍說：「批評得對，但也就這一回！阿姨，等我畢業，掙錢了。那時會給她買許多禮物。」

毛衣打開，老姑看了個仔細。說：「曉軍，想不到你這樣會選顏色，非常漂亮。」

「不是我的功勞，是那個女售貨員。她聽說茵茵長得像天仙，就推薦了這件。」

沒過多久，錢茵茵陪著邱聞道進來，讓洪曉軍大為震驚的是一向穿著白大褂的人，不但西服筆挺，而且手捧一束粉色的唐菖蒲，一下子年輕了十歲，還很性感。

一聲「聖誕快樂！」邱聞道把花束送給女主人。洪曉軍雙手捧出紙盒，對錢茵茵說：「這是我送給你的聖誕禮物，祝你永遠美麗！」

毛衣抖開，錢茵茵把它捧到胸口。顯然，她很意外，很興奮。

老姑說：「還不把它穿上，好讓大家看看，也讓曉軍高興。」

錢茵茵轉身就進了自己的臥室，接著就聽見她連聲叫：「老姑，進來！」好一陣，錢茵茵才出來：只見頭髮抹了一點髮油，更加黑亮；嘴唇塗了一點唇膏，更加紅嫩；眉毛經過修飾，更加高挑；那件淡紫色毛衣，使錢茵茵更加嫵媚。老姑還在姪女的脖子上圍上一方絲質碎花小圍巾，色鮮而質薄，整個人靈動起來！

「茵茵！」洪曉軍什麼都顧不上了，一把將她抱起來。

「你瘋啦，快放下！」錢茵茵喊著，全屋的人都開心地笑了。

晚餐早已備好，有黃油，麵包，酸黃瓜，烤土豆，蘑菇湯，煎香腸，燻魚。一人一份，餐具一律為乳白色。高腳玻璃酒杯裡，盛有半盞果酒。待每人坐定，老姑關閉電燈，點燃蠟燭。燭光下，錢以智的紅瑪瑙胸針閃著的光，人們的眼睛也格外明亮。大家舉杯互祝：「聖誕快樂！」剎那間，洪曉軍感到的不僅僅是喜慶，還有安詳。

飯後是紅茶和小蛋糕。老姑叫洪曉軍到自己的房間搬出留聲機，說是要請大家在音樂伴隨下，過一個愉快、隨意的平安夜。

在與錢茵茵的低聲交談中，洪曉軍得知：原來錢以賢一家是不過聖誕的，但自從老姑從上海搬來與之同住，情況就改變了。錢以智的丈夫是基督徒，又在洋行供職，所以倆口子年年過聖誕。老姑搬過來與哥哥同住，很希望這個傳統能夠保留。她說了：不為宗教，為感情，以一年一次的儀式，追念和銘記大半生的夫妻之情。錢以賢立即答應。

酒後那種陶陶然，是現實生活中不易得到的。聽了兩張唱片後，邱聞道開口了：「以智，你有沒有可以跳舞的唱片？」

「你是想聽？還是想跳？」老姑問。

「邊聽邊跳。」邱聞道答。

又問：「和誰跳？」

又答：「和你呀！」

話剛落音，立即受到錢茵茵、洪曉軍鼓掌歡迎，一起喊道：「跳，跳！」

「好，跳就跳！今天有洪曉軍，我從心裡高興。」隨後起身，選了一張唱片。

音樂響起，邱聞道像紳士一樣走到錢以智面前，鞠躬，伸出手臂——

一曲完畢，邱聞道的興致來了，說：「以智，我們像從前一樣，跳個探戈怎麼樣？敢嗎？」

老姑即時反擊：「怎麼不敢！」

聽到這話，洪曉軍興奮之極：「太幸福了！我從來沒見過探戈！只是在電影《英雄虎膽》裡，看過王曉棠那段倫巴。為了這段倫巴，我和同學把這部電影連看三遍。我早就聽說，探戈特別有勁，特別有味。」

「還特別有情。」老姑補了一句，又說：「我要換行頭，不能穿旗袍。」

洪曉軍問：「為什麼？」

邱聞道說：「因為跳『探戈』要踢小腿、抬大腿。」

「那就更好看！」洪曉軍更加興奮了。

按照老姑的吩咐，錢茵茵在一摞摞的唱片裡，挑了張卡洛斯・加德爾的唱片。洪曉軍突然用手掌狠擊自己的腦門，嘴裡還罵著：「該死的記性！」

蔡氏忙問：「是不是忘帶了什麼東西？」

洪曉軍說：「我帶了照相機，剛才只顧吃飯，忘了拿出來了。」

錢茵茵說：「現在拿出不晚，正好拍探戈舞。」

錢以智深灰軟緞襯衫，玄色絲絨長褲，頭髮被一條紅絲帶拴住，絲帶在耳鬢打了個結，西班牙女郎的風姿一下子有了。邱聞道脫去西服上衣，藍灰條紋的絲織領帶在雪白襯衫映襯下，熠熠生輝。卡洛斯・加德爾的〈一步之遙〉響起，翩翩起舞，起步就驚人：二人表情嚴肅，貼近卻不對視。四腿交叉且斜步橫行，踢腿，跳躍，旋轉，擰身，動靜交替又無不挺拔快速。熱烈狂放的同時顯露出沉鬱哀傷，華麗高貴中帶著堅毅果敢。甩頭的魅力，交纏的動作，還有停止，斷音，乾淨利落中體現出變化無窮，兩個人的腿就像剪刀一樣鋒利挺拔。錢以智自亡夫後，力求感情淡漠，每天過得像白開水，淡而無味。光陰無聲而逝，悄悄帶走了紅顏與活力。是啊，很久沒有這樣跳舞了！探戈舞曲的旋律響起，面對男人風度翩翩的身姿，錢以智感到內心的活力還在。久違的快意和刺激讓她的雙頰泛起了桃紅色，眼睛裡汪著一潭清水。邱聞道看著她，心想：這哪裡是一個中年婦女的眼睛？他們跳得越發專注、盡興了。

男人和女人到了中年，還有萬種風情和十足的親暱——洪曉軍的感受幾乎是窒息性的！他覺得男女間的堅決又隱祕的愛情關係，就是應該像這個樣子。特別欣賞男人的右臂始終圍繞女士的背部，大有保護女人的感覺。聚會結束之時，洪曉軍建議給錢家拍一張合影。老姑非常贊同，不過她要求洪曉軍也參加合影。邱聞道說：「贊成！曉軍把照相機給我，我來當攝影師。」

這對洪曉軍來說，是求之不得。拍過合影，邱聞道見相機裡還存有兩張底片。便用命令的口氣，讓錢茵茵和洪曉軍站到一起。錢茵茵知道了用意，便說：「我不和他照！」

洪曉軍不容分說，伸出手臂，把錢茵茵攬入懷中。就在這時，「喀嚓」一聲，邱聞道按下了快門。

「邱主任！」錢茵茵喊了起來。

「茵茵，你不用提抗議。曉軍，你也別高興。這張照片只讓老姑看上一眼，然後由我保管。」

平安夜，天上有幾顆寒星，街上幾乎沒有人影。在洪曉軍的堅持下，邱聞道同意讓他送自己回家。原先，洪曉軍想打電話，叫父親的小車開過來，但被邱聞道制止了，說：「難得一個平安夜！能在寂靜的城市裡走走，多有詩意。」

路上，洪曉軍讚美錢茵茵，感謝邱聞道對她的栽培。

走到岔口，在一盞路燈下，邱聞道停下腳步，對洪曉軍說：「愛錢茵茵是需要勇氣的！玫瑰和尖刺長在同一根枝上。」

第十五節

數九天寒，春節臨近。

「社教」工作大忙起來，所有的事項都加快了節奏，在傳達了王光美的「桃園經驗」以後，敵情觀念格外強化，一再強調對「四不清」幹部的鬥爭。王月珍帶著錢以賢跑了幾個公社。從生產隊、大隊、公社三級會計入手，力圖獲得基層幹部貪汙腐化、挪用公款、瞞產私分的「輝煌」戰果。可是讓她苦惱和焦急的是，這些幹部絕大多數都很狡猾，採取避重就輕的策略，頂多交代一些「多吃多占」的小問題。

經驗豐富的王月珍常用之法有兩手。一手，把有問題的幹部弄到公社，隔離起來，先是嚴肅談話，如不能交代問題，就開批鬥會。再談、再鬥，循環往復，直至說出自己的「四不清」問題為止，交代出的問題越嚴重越好。另一手是查帳，叫錢以賢查帳。把帳本，發票，借條，字據等等一律收繳上來，仔細搜索且放大搜索：錢款，糧食，飼料，竹木，工具，牲畜，工分乃至一袋土豆，幾個雞蛋，都列入「四不清」範疇。查出的數字越大，「四清」成績就越大。在殘酷鬥爭、反覆折磨和孤立無援的情勢下，可憐巴巴的農村基層幹部都「坦白」了：交代出或貪汙、或挪用、或私分的驚人數字。

查到劇團編劇張雨荷蹲點的大隊。在匯報「敵情」的會議上，王月珍萬萬沒想到，這個張雨荷竟和自己大吵。分歧就是對大隊會計的評估，他姓唐，社員都叫他唐會計。張雨荷認為，自己蹲在這裡幾個月了，這個大隊的「敵情」遠沒有事先估計得那麼嚴重。上中農出身的唐會計高中畢業後，回到父母身邊務農。因為在學校讀書數學成績就好，當上了生產隊會計，後提升為大隊會計，社員都說他乾乾淨淨，兢兢業業。

聽罷，王月珍說：「兢兢業業可能，乾乾淨淨就未必了。」

張雨荷立馬還嘴：「是你了解情況，還是我了解情況？」

兩人各執一詞，互不相讓。令王月珍不能容忍的，是張雨荷的態度，連個「王團長」也不稱呼，張口閉口「你呀，你呀」的。

王月珍加大了對唐會計的鬥爭力度，似乎反擊張雨荷比唐會計本人更為重要。看在眼裡的錢以賢著實替張雨荷捏一把汗。他也搞不懂，這個姑娘為什麼有膽量敢面對面地跟領導叫板？開完會，工作隊成員在公社食堂吃飯。幾個月沒見油葷的張雨荷看見有蒜苗肉片，口水都流出來了。按規定肉菜只能一人買一份，錢以賢把自己的那份分了一半給張雨荷，心疼地說：「張姑娘，你別頂嘴了。這樣頂下去，對你今後不利，對唐會計也不利。」

「是嗎？」

「當然。」

張雨荷說：「我覺得唐會計只要不胡亂交代，王月珍拿他也沒辦法。至於我嘛，我才不怕，她又不會做我的婆婆！」張雨荷只顧翻找碗裡的肉片，沒注意到錢以賢的臉都白了。

對唐會計的鬥爭果然升級了。人關在公社小倉庫裡，正值嚴寒的冬季，無火，無水。除了被批鬥，就是被關押。白天，有人看押；夜裡，屋門上鎖。唐會計的補充交代更令王月珍失望，居然把進縣城開「三級幹部會」中午下館子的菜譜都寫上了。錢以賢也住在公社，看著他失魂落魄，看著他形容枯槁，從心裡可憐這個書生模樣的鄉村會計。

王月珍對唐會計澈底失去耐性與「興趣」，打算放他一馬，讓他回家過春節，結論以後再說。一天清晨，看押他的人給小倉庫開鎖，鎖開了，可門推不開。

「唐會計，唐會計！」一連幾聲喊叫。

無人應答。

王月珍預感「出事」了，趕忙叫幾個氣力大的社員把門踹開，發現唐會計把自己「掛」在門上，死了。他心中不肯釋放的悲苦，以決絕的方式澈底釋放了。而一張平凡樸實的臉，在極度絕望與刺激下表情之可怖，比什麼都震撼。

出了人命，王月珍害怕了，立即彙報總團並做口頭檢查。讓她更為恐懼的是，唐會計手裡攥著一張白紙，上面用鉛筆寫了三行字，沒有標點符號：

我沒貪汙
我不是階級敵人
我是逼死的　那人必遭報應

王月珍趕緊把「絕命書」捏在手裡，說是要立即上交總團。而此前看過的人則說：「那人」指的就是王月珍，她早晚「必遭報應」。

錢以賢許多次獨自一人穿過光禿禿的樹林裡，站在灰溜溜的山丘上，呆望著遠處。他願意把自己變成了一株無葉的樹，一塊無色的石子，心底的孤淒，如縷的惆悵，如頭頂的風盤旋而至，隨著起伏的山丘蔓延到遠方。他特別想家，白天再累，到了夜裡仍是難以入睡，思前想後，惦記妻女。見識了王月珍行事的風格，再聯想到女兒和洪曉軍的戀情，腦子裡頓時亂哄哄的，胸中陰雲密布。

回城的前夜，錢以賢做了一個夢。夢裡，王月珍像個女妖，女巫般的眼神和男人般的身軀，以雷霆之勢在醫院追逐錢茵茵，上下呼嘯，左右飛旋。女兒披頭散髮、眼裡流淚，嘴角滴血，四處躲藏，她被王月珍從病房拉出來，從藥房拉出來，從手術室拉出來，從地下室拉出來，從停屍房拉出來……最後，搖搖晃晃、踉踉蹌蹌的女兒逃到關押唐會計的公社小倉庫。錢茵茵快要死了，嘴裡叫著「洪曉軍！」聲音從尖利到低沉，但洪曉軍始終沒有出現。突然，倉庫門被打開一條縫，伸進來的是王月珍的一對眼睛：眼珠慢慢突出、拉長，像一對鐵鉤飛舞著伸向女兒，對準她的胸膛——錢以賢猛地醒了，一切於瞬間消失。

黑夜已經過去，心卻無法安寧，哀愁久久地在心底蕩漾。悲哀嗎？人只要現實了，就免不了悲哀。

第十六節

歡度春節，家家團圓。

洪家的第一次戰爭爆發了！起因再簡單不過：吃完年夜飯，洪曉軍把筷子一放，起身。說：「你們慢慢吃吧，我要走了。」

洪大力沒吭聲。

王月珍問：「去哪兒？」

「有必要說嗎？」

「我是你媽，今晚是除夕。」

「我知道。」洪曉軍坐回原位。

「那你還要走！我好不容易回家，過兩天又要下鄉。」

「我去去就回，還不行？」

洪大力插話了：「你就讓他出去，家裡不是還有我嘛。」

洪曉軍不再說話，沉默不語有時比喋喋不休還管用。他回到自己的房間，更衣，換鞋，從抽屜裡拿出了一個厚厚的牛皮紙信封，捏在手裡。經過客廳，兒子故意只對父親說：「爸，我走了。」

洪大力說：「盡量早點回來。」

王月珍頗感失落，自己怎麼就像一張紙？無足輕重了。臉色陡變，鼻孔因激動而張大，咬了咬嘴唇，站起來朝兒子跟前走去，伸手將那牛皮紙信封「扯」了過來。說：「信封裡什麼東西？讓媽也瞧瞧。」

洪曉軍氣了：「把信還給我。」

那信沒有封口，經不住她抖來抖去，忽地一下，幾張照片滑落到地板上，有一張掉在王月珍的腳背上。她躬身拾起，一看，是邱聞道摟著一個時髦婦女，那女子年紀不小了，她的小腿從後面纏著邱聞道，而脖子卻扭到另一邊。表情冷漠，眼睛裡卻投射出熾熱的光——這是王月珍從未見過的情景，太風流了，可以說是老不正經。他們這是幹什麼？又是在哪裡？為什麼會有自己的兒子在場？兒子與這個近乎下流場景是什麼關係？另有一張照片是兒子與錢茵茵的合影，親暱如小倆口，快樂得像過節。其實，王月珍的感覺是準確的。他們是初戀加熱戀，比小倆口還熱乎。

王月珍控制住自己的情緒，改用一種平緩的口氣：「曉軍，你們是在錢茵茵家裡拍的嗎？」

「是。」

母親又問：「你今晚是不是又要去？」

「是。」

「媽問你一句：你了解錢家人嗎？」

「我了解錢茵茵。」

「兒子，那你就把對錢茵茵的了解跟我說說。」王月珍恢復了平靜，既像母親的樣子，也像在辦公室工作的樣子。

洪曉軍應了一聲：「好啊。」

王月珍一張張翻看錢家的拍照。看過一張，就遞給丈夫一張。讓洪大力沒有想到的是，這裡面竟有醫術、醫德都好的邱聞道。

「媽在聽，你說吧。」

「錢茵茵非常好，好到我配不上她，根本配不上。」

「你接著講啊。」

洪曉軍說：「有這一句，我看就夠了。難道需要拿出她以往在學校的成績單和醫院領導的鑑定與評語嗎？媽，我不知道你和爸爸年輕時是怎麼戀愛的？而我自己的體會是愛情沒有標準，也無邏輯可尋。男女之間有了感情，就沒了是非對錯，可以說，愛情就是一種死心塌地，死心塌地到容許對方傷害自己。」

不承想兒子這樣鍾情和糊塗！哪點兒像革命軍人的骨血？哪裡看得到革命後代應有的思想覺悟？不錯，王月珍從前也曾嚮往愛情，但是在現實中，自己能及時矯正。適應時代，順應社會，很快捨棄了愛情理想，服從了組織安排。雖然那時身處戰爭環境，現在是和平時期，但是一些根本的東西是不能變動和更改的，也不容許變動和更改。偏偏兒子就在這個原則問題上產生偏離和錯誤。王月珍覺得很有必要進行說服和糾正。好在，事情才剛剛開始。

洪大力把照片重新裝進牛皮信封，還給了兒子。問：「你們這是在哪裡拍的？邱主任西服革履，還挺像回事兒。他在和誰跳舞，跳的是什麼舞？」

洪曉軍如實講述了那個令自己一生都難以忘卻的「聖誕之夜」，說：「我不僅喜歡錢茵茵，而且還喜歡她的一家人。他們就是和咱們不同。爸，我怎麼覺得咱家過得太沒勁了。用化學名詞來形容，就是無色，無形，無味，無嗅。」

這四個「無」，讓洪大力笑了。說：「我家和他家，當然不同了。這種不同來自於不同的經歷，不同的道路。不過也得承認，我們生活是過得單調，特別是我的生活。」

王月珍搶白一句：「我家與她家的區別，更來自於不同的階級，不同的出身，不同的成分。」

洪曉軍不服氣了。說：「錢茵茵從前是個學生，現在是個護士。他的父親是新華書店的職員，職業是會計。她的母親是家庭婦女。和邱主任跳舞的是茵茵的姑姑，工商業戶。原住上海，丈夫死後搬來和他們同住。情況就是這樣。」

「眼睛看到的地方叫視力，眼睛看不到的地方叫眼力。曉軍，你現在觀察錢家就是只有視力，而無眼力。」

母親的這句話，引起兒子的反感：「好，你有眼力，那你來說。不過，我記得爸爸出院的時候，媽好像說過：『這麼水靈的姑娘，咱可生不出來。』現在我愛上她了，事情就變了，怪我沒眼力了。」

王月珍說：「那時我誇她，現在我絕不會誇她。」

洪曉軍不依不饒：「那時怎麼了？現在又怎麼啦？」

王月珍嚴肅起來，道：「你給我坐下，我講給你聽——錢茵茵的父親叫錢以賢。不錯，他的身分是新華書店職員，職業是會計。但是，他還有另一個身分和另一種職業。他是國民黨軍官，軍需中校，還是國民黨黨員。也就是說，他有嚴重政治歷史問題，屬於歷史反革命，控制使用。洪曉軍同學，以上情況你知道嗎？」

母親的聲音是那樣地洪亮駭人，像黑黝黝的雲團驟然壓在洪曉軍的頭頂。一時不知所措，不敢相信，又不得不信。因為母親是個專搞人事的幹部，不會瞎說。

見兒子不語，洪大力用盡可能和藹的語氣，說：「你媽說的這些情況，都是由組織上來掌握的。錢茵茵本人未必知道，你也就沒有必要去問她。至於你和她的交往，就做朋友吧。老爸理解你，這姑娘，誰見了都動心。」

洪曉軍堅定地表示：「爸，我不會放棄，我們會繼續發展下去。」

王月珍說：「她的家庭出身會影響你的前途，這種事情我見得多了。」

「媽，我不怕你說的那個『影響』。別說是國民黨軍需中校，就是陸軍上將，我也照樣愛她。總之，死心塌地了！你們別再勸我，今晚我也不去她家，我要睡覺了。」說完，從父親手裡接過照片，走進自己的房間，反鎖了門。

洪大力夫婦，你看我，我看你，也早早回到臥室。

這個除夕，洪大力心情大壞。他對老婆埋怨道：「你太急了。他倆不是剛剛在談戀愛嘛，離婚姻還遠著呢！興許談著談著，就吹了。」

王月珍沒好氣兒地「哼」了一聲：「我的兒子，我知道。他是一條道兒走到黑的人。不信，等著瞧。」

聽著外面的爆竹聲。兩人上了床，卻無法入眠。王月珍突然翻身爬起問丈夫：「曉軍怎麼就不像你呢？」

「像我什麼？」洪大力問。

「他能像你一樣寡情，就好了。」

「你胡說個啥！」

「我才不胡說呢，跟你半輩子，你對我沒有一點感情。就只會幹那事兒，幹也頂多五分鐘，現在五分鐘也沒了。」

洪大力苦笑一聲：「咱兒子沒說錯，這就是無色，無形，無味，無嗅啊。」

就像古希臘哲人說的那樣：「你終究會遇上它們的。一個叫作愛情，另一個叫作死亡。」洪曉軍認定自己是「終究遇上」了，幸福之極，莊嚴之致，即使太陽隕落，光明消逝，自己對錢茵茵的愛也會存在。出身算個啥？算個屁！為了紀念非同尋常的聖誕夜，他拿出圖釘，把在錢家拍的照片一一釘在牆上。釘好了，躺在床上，細細欣賞起來。看完照片，又再打量那張「趙家院牆」：兩窩草，一為綠，一為黃。洪曉軍猛然想起來了：石牆上的雜草原本都是綠色，無非有濃有淡罷了，為什麼她要把一窩草改為黃色呢？這衰敗之色是否屬於錢茵茵的暗示：外表是年輕而美好，內心卻儲藏著孤淒和悲哀？自己的生活是那樣地輕鬆，從來不理會別人的隱痛。這幅畫，是寫景，也是在寫她的心，難怪錢茵茵要送給自己，希望他能看懂。

心澈底靜了，如旭日浮出海面，海面泛起金光。洪曉軍決定只忠實於自己。

第十七節

大年初一，爆竹聲讓洪曉軍早早醒來，隔窗望去，天氣不錯。他悄悄來到廚房，姚媽正做早餐，鍋裡面是熬好的大米粥，他盛了一大碗，又去掀蒸籠，裡面是肉包和豆包。他一樣揀了兩個，就這樣站在廚房吃起來。吃完，問姚媽：「家裡有什麼現成的葷菜嗎？」

姚媽說：「是不是要帶給錢茵茵？」

「是。她今晚在醫院值班。我得陪陪她。」

「葷菜早弄好了，我拿了一部分放在飯盒裡。你提著就走，什麼也別說，讓你媽知道了，又要鬧一場。」

洪曉軍說：「姚媽，你真好！我該怎麼謝你？」

「有啥好謝，誰都年輕過。告訴你，我家的成分也不大好。父親在鎮子上有店鋪，也受了不少窩囊氣。所以，他讓我趕快嫁人，走得越遠越好。」

「老人家現在怎麼樣？」

「死了。不說這些了。」

洪曉軍說：「現在看來，在這個家只有你和我是一頭的。」
「那姑娘多漂亮啊！」姚媽讚嘆道。
「咦，你怎麼知道？」
「你不是把她都釘在牆上了嗎？」
洪曉軍高興極了，說：「姚媽，你倒提醒我了。春節過了，我就去照相館放一張特大的，像門板那麼大。」邊說，邊用手去摸廚房的門框。
姚媽笑了：「傻小子，你放那麼大，別把活人嚇著。」
好不容易挨到下午，洪曉軍把一個大大的帆布包放在自行車後架上，直奔錢家。提袋裡除了有一盒葷菜以外，還有木耳，冬菇，掛麵和茶葉。他把家裡「掃蕩」了一遍，可以拿的，他都拿了，自己沒掙錢，也只有這樣備份「薄禮」給錢茵茵父母和老姑拜年。他心裡有數，即使兩手空空，錢家人也不會怪罪。臨走前，對洪大力說一句：「爸，今晚我不回來。在同學家聚餐。」
洪大力怕再起波瀾，忙說：「好，去吧。」
王月珍「盯」一句：「是同學家嗎？」
洪曉軍不答，走了。

門剛關上，洪大力給妻子「甩」了兩句：「你怎麼總要找茬兒，想吵架、想鬧事是不是？」

隆冬一到，城市就變了樣。但到了春節，洋溢的喜慶氣氛就像一個化妝師，讓嚴寒製造出來的死板僵硬，瞬間生動活潑起來。上午，天空還布滿灰色雲層，接近黃昏時分，雲層卻被落日刺破，城市街道居然有了金碧輝煌的感覺。地面上有枯黃的樹葉，但天空偏偏呈現潔淨的瓦藍，城市盡頭的山脈也清晰可見。

洪曉軍使勁蹬自行車，盼著早點到錢家。非常奇怪，經過多次的體驗，他覺得在錢家，幾個人圍坐在餐桌，自己竟有一種非常親熱的、近似「天倫之樂」的感覺。顯然，這是錯覺，為此曾責怪自己；但不知為什麼，卻無法消除，

他給錢家人一一拜年，把茶葉、冬菇、木耳奉上。說：「這些東西是我一點點心意，算不得什麼，也不是我特意買的。家裡有什麼，我就拿什麼。」

老姑聽得開心，把桌上的糖果抓了一把遞到他手裡。說：「我就喜歡曉軍的誠實。」見蔡氏要沏茶。洪曉軍忙說：「我就是專程給你們拜年的，馬上去醫院陪茵茵。」

錢以賢客氣地說：「那我要謝謝你了。」

洪曉軍說：「這是我應該做的。錢叔叔，蔡阿姨，我一直想對你們說，我對錢茵茵是

認真的，不變的。還有些話，以後再說。」

聽說洪曉軍要去醫院，蔡氏從廚房拿出兩個飯盒，說：「今晚你倆慢慢吃吧，一個是老姑做的雪裡蕻炒年糕，一個是我做的滷五香毛豆。」

「太好了，我也帶了個菜，葷的，正好葷素都有，我倆就在醫院過新年啦。」

春節前夕的住院部，能出院的都出院了，能回家的，都打發回家了，等過完年再回來。所以，春節期間值班，最為清閒。但絕大部分護士還是不願在春節期間值夜班，錢茵茵為人大度，所以誰請她替班，她都答應。這樣，每到春節住院部值夜班的名單上就總有她。這樣的安排，邱聞道也放心。因為萬一有意外，錢茵茵是完全可以應對的。好友賈亞菲又總是自願跟著她一起值班。

大年初一的夜晚。

爆竹聲聲，煙花四濺。洪曉軍喊著錢茵茵的名字，興沖沖進了夜班室。賈亞菲趕忙藉故離開，還悄悄跟錢茵茵說：「我到樓下的值班室，有事喊我。」

兩人都很激動，尤其是錢茵茵，在燈光下，眼睛一閃一閃的。辦公桌上墊著報紙，上面擺著打開飯盒，葷素齊全。主食是從醫院食堂買的饅頭，花卷。洪曉軍要做個西紅柿雞蛋湯，錢茵茵嫌麻煩，說：「喝茶吧，我有祁紅。」

洪曉軍把茶杯當酒杯高高舉起，說：「我們今生相遇，這種相遇對你、我來說都不是一件容易的事，也不是偶然的。所以我把它看得很重，分量超過自己的生命。」

錢茵茵說：「別往下說了，你還不夠了解和熟悉我。」

洪曉軍舉起兩個手掌，手心向著錢茵茵。說：「茵茵，我熟悉你就像熟悉自己的掌紋一樣。你信不信？」

「我信。好好吃飯吧，誰也不許說話了。」

不說話，也跟說話一樣。餵你一夾菜，喝我一口茶，靜謐中蕩漾著濃情蜜意。

過了子午時，錢茵茵催洪曉軍回家。

洪曉軍說：「今晚不回去了，我坐在椅子上，看著你睡覺。」說著用力一拉，兩人一起倒在床上。

錢茵茵雙唇微啟，目光似火又似冰，整個人就在冰冷如霜和嬌豔如火之間搖曳變幻。這種少女的身姿情態是洪曉軍從未見過的，如山上一株嫩苗，月下一滴清露。愛情是對靈魂和肉體的雙重渴望。它的永恆在於對白頭到老的持守，它的美好又在於瞬間的激情探求。肌膚之親勝過了語言交流，洪曉軍懇求她脫去衣服，遭到拒絕。洪曉軍說：「沒有你的同意，我絕不勉強，還不行嗎？」

錢茵茵規定：兩個人只許平躺在床。過道裡的頂燈，透過門上端的窗戶製造出一片青色的光。外面時而有風掠過，時有爆竹響起。他倆並排緊緊貼在一起，洪曉軍握著錢茵茵的手一動不動，彼此不看一眼，也不說一句。儘管無話，但都能強烈地感受對方的呼吸。錢茵茵心中感到喜悅，似乎迎來一個屬於自己的結局。她鬆開了手，轉過身子，撲向洪曉軍，霎時間，內心所有的悲歡都盤根錯節地交織在一起了。

洪曉軍望著她那雙含情脈脈的眼睛，很低、很低地叫了一聲「茵茵！」把嘴湊到她的耳際，說：「我愛你，我要娶你！現在大年初一，我們八月十五就結婚。」

錢茵茵慌了神：「曉軍，從一開始我就要告訴你，現在我必須要告訴你，那就是關於我父親的歷史。他從前是——」

「你別講了，我都知道。」

「你都知道？」

「是的，我都知道。不瞞你說，昨天還為你的出身和我媽吵翻。我要告訴你的是——洪曉軍不在乎，我只在乎你！而最最重要的是我們相愛！」

錢茵茵神態憂傷，搖著頭說：「你可以不在乎，而我不能不在乎！因為這件事，我沒有入團。因為這件事，我沒考大學。現在我很害怕，怕因為這件事失去你。我在政治方面和事業方面的路已經堵死，只剩下愛情和家庭。假如這條路也被堵死，我真的就活不下去了。有人說愛情可以分成四類——可喜的，可憐的，可笑的，可悲的。像我這樣出身的人，只能屬於第四種。」說到這裡，她的眼睛流出淚水，把頭埋進洪曉軍臂窩。

「茵茵，不哭。我知道你的痛苦，所以更加愛你，疼你。人都是有今生沒來世，所以這輩子我必須為你做完該做的一切。有時愛是殘忍的，但我不怕，我已經做好了準備。」洪曉軍捧起她的臉，萬般憐愛地用吻為她「抹」淚，又像哄小孩一樣地輕拍著她的後背。

兩個人只許平躺在床的「規定」突破了——男女之間在這世上彷彿只有一件事，那就是征服或順從對方，享受或折磨彼此。洪曉軍把錢茵茵的上衣扣子逐一解開，每解一個衣扣，都俯身親吻那袒露的一段肌膚。青春少女的頸、肩、胸、腰，緩緩呈現他的眼前。他感到錢茵茵是一觸即碎的柔軟，而自己也陷入了一觸即碎的脆弱：夢幻一般！兩個人都急迫地需要一場最澈底的糾纏來滿足最沉溺的誘惑。愛情是什麼？愛情就是探險。

洪曉軍一眼就看到她鎖骨兩側深陷的「蝴蝶花」，真是美麗如蝶。他把自己的頭靠在那曲線優美的脖頸；手移到了乳房，乳房圓潤而堅實；順勢下移到腰腹，腰腹竟如油一般地滑膩。

「茵茵，你是一朵午夜綻放的花，不知道自己多美！」洪曉軍迅速亢奮起來。

錢茵茵按住他的手。說：「不許往下去。」

動作停頓下來，彼此僵持著。洪曉軍長嘆一口氣。

錢茵茵問：「你怎麼啦？」說著，輕輕地笑了，在他的耳際送去長吻，纖細的手指撥弄著他的鼻子、嘴脣，而一條腿彷彿無意識地搭在了他小腹。

「哎喲！」洪曉軍喊起來。

「你喊什麼？」錢茵茵慌忙用手去堵他的嘴。

「這還用問！我可不守規矩了。」

激情，疼痛，歡愉同時開始了，沸騰的青春帶著浩蕩的氣勢，肆無忌憚侵略對方的體內，自然地交接、交融。少男猛如雷電，少女燦若煙霞，盡量享受對方，也盡量讓對方享受自己。什麼是享受？失控就是享受！任你什麼力量都無法讓他們回頭了，激烈又綿長。互相磨礪是痛苦，也是滿足，兩人索性連人帶被滾落在地，有如生活在深山老林裡的男女，不需要談情說愛，他們用目光，用呼吸，用氣味，用肢體澈底表達相互的渴慕與奔放的激情。此刻，是一個生命與另一個生命的相對，又都在茫茫塵世中找到了自己，回到了人的本質。

錢茵茵仰視夜空，天地蒼茫，萬物戛戚，整個宇宙已化為烏有，從肉體到靈魂盡都包裹在靈光之中。洪曉軍突然匍匐在錢茵茵腳下，把頭埋到兩腿中間，用唇舌去尋覓那勾魂處。

錢茵茵懇求道：「不要這樣！我感到羞恥。」

「什麼都不要講，你是我的女人。想想吧！我從這裡進去，不久我們的孩子從這裡出來。」

「哦——」錢茵茵頓時湧出熱淚，坐起。雙手捧著洪曉軍的頭，激動地說：「我要孩子，給我孩子！」

他們深深地懂得了青春和初戀，哪怕短暫的圓滿。今後他們的人生航向就是一起去歡愉，一起去犯罪，一起去墮落。天經地義又無法無天。

錢茵茵用手掌摀著自己滾燙的面頰說：「今天的一夜，是我的一生。」

洪曉軍說：「你躺在我懷裡，就是找到了家。我懂了你的畫，我們就是那兩窩草，一起變綠，再一起變黃。」

錢茵茵笑著，笑容裡有一種走過千山萬水的恬靜。

第十八節

清明一過，夏季很快到了。天上白雲緩慢地飄移，草木在燦爛的陽光中閃閃發光，田地也是一片青翠。「四清」工作已進行到尾聲，每個成員也都急著「了結」，好趕快回家。農村社員也巴望著他們這些城裡人早點滾蛋，好盡快恢復從前的平靜。

唐會計的自縊，給了王月珍一個教訓。她開始懂得農村幹部不是機關幹部。在機關，上級一個報告，大家都乖乖的。在鄉下，你對社員說破了嘴，如無實際利益兌現，他們才不動彈呢。說實在的，王月珍心裡還要感謝一個人，那就是錢以賢。他拘謹膽小，一張發票，一紙字條，一個簽字，要掂量半天：稍有懷疑，就停頓下來；似是而非的，則不予採信。所以，他們這個分團的工作進度是最慢的，但是到了總團派人來驗收的時候，這個分團的問題是最少的。

錢以賢常熬夜，王月珍從他的窗前經過，看著他在煤油燈下伏案工作，一張男人的臉俊朗又滄桑，內心也生出感慨：他要不是個國民黨，該有多好。可惜呀，別人能用自己的奮鬥去實現自己預設的目標，他不行。社會沒給他提供實現理想的機會。他的過去不僅左右了他的現在，而且還延及到他的後代。王月珍不是覺得錢茵茵不好。但是熟諳和精通人事制度的她知道，這種家庭出身的孩子往往是自己期待的生活尚未開始，就結束了，而擔心的事情在尚未做好準備的時候，卻提前到來了。隨著各種各樣政治運動的開展和新政策的實施，他們會永遠生活在壓制、歧視與煎熬之中。「階級」二字就是一條溝豁，洪家在這一邊，這邊的一切都很輕易；錢家在那邊，那邊的一切都很艱難。所以，決計要錢茵茵從兒子身邊走開。

要返城了！分團所有成員都集中到縣裡，住在縣委招待所。張雨荷放下行李，就跑到女浴室洗頭、洗澡。洗完出來，在過道裡遇到了錢以賢，高興地迎上去。說：「祝賀啊！」

錢以賢說：「祝賀什麼？」

「咦——怎麼不知道？你受到分團的表揚呀。」

「這也值得祝賀，我不過就是查查帳罷了。」

張雨荷說：「錢以賢，你有空嗎？我們到茶館聊聊，機會難得！回到城裡，你在書店，我在劇團，不容易見面了。」

「好。」

兩人一前一後，進了縣城一個小茶館，找了僻靜的角落坐下，一人一杯花茶。

沒說幾句，話題就落在王月珍的身上。張雨荷的「話匣子」打開了：「她看不慣我，認為我出身不好，性格不好，表現不好，故意把我分到最差的農戶。我睡的地方就是農戶的豬圈，每晚與豬為伴。吃飯就像原始人，捧著一個髒兮兮的鋁盆，裡面是清水煮菜葉和幾塊白薯，吃了兩天，我就受不了啦，跟別人說，『一輩子沒見識過社會主義制度的優越性，這次可領教了！』沒想到這句話讓積極分子給彙報了，最後搞個人鑑定，在她的主持下，給我按上一條『階級立場不穩，散布落後言論』。我說：『王月珍同志，你跟我客氣啥呀，就寫散布反動言論吧！』氣得她眼睛都直了。」

錢以賢欣賞張雨荷的烈性，但還是勸她不要這樣頂撞領導，這樣恐怕對自己的前途不利。

張雨荷說：「我是個大右派的女兒，有啥前途？住在劇團的倉庫，拿最低的工資。美其名曰是編劇，其實就是個賣票的。沒人理我，大概這輩子也嫁不出去了。」

錢以賢笑道：「你嫁不出去？我不信。」

「你別不信，看看現在的形勢吧。到處都在講突出政治，階級鬥爭要年年講，天天講。最近高等教育部要求招生要貫徹階級路線，明確規定每一個分數段，都要優先錄取政治條件好的學生。什麼叫政治條件好？就是出身好唄。」

這話很有打擊力，也讓錢以賢很是認同。說：「我的女兒功課非常好，就是因為出身問題，放棄了考大學，讀了護校。」

張雨荷興趣來了，問：「她出嫁了嗎？」

「在戀愛吧。」

「告訴她，趕緊結婚！」

「我看難了。」

「怎麼『難了』？跟我說說。」

錢以賢壓低了聲音，說：「追求我女兒的男孩子就是王月珍和農業廳廳長洪大力的兒子。」

「好！太好了。」張雨荷叫起好來。

錢以賢卻說：「這事肯定有阻力，我本人只希望錢家平安無事。」

張雨荷搖搖頭，說：「你讓年輕人的日子平安無事，生活簡單到只想活著。行嗎？明知夢想很難實現，卻還是要追逐，那才是他們的想法。這事兒太有示範性和戲劇性了，我全力支持！」

「事情搞不好，也許就是悲劇性的。」不知為什麼，錢以賢說了這樣一句不祥之語。

第二天早上，縣委招待所食堂特別熱鬧。工作隊員把行李提到院子裡以後，都擠在這裡吃早餐，個個神態輕鬆。張雨荷走進食堂，已經沒幾個人了。她一眼就看見了單獨在一張桌子上吃飯的王月珍。要是以往，她會跑得遠遠的。想起昨天茶館裡錢以賢說的那件事，端著一碗粥、兩個沒有熱氣的饅頭，有意和她同坐一張桌，面對面。

王月珍先開了口：「你怎麼才來？快點吧，大夥兒可能都上車了。」

張雨荷說：「不急，我把粥喝完就行了，饅頭反正涼了，帶到車上慢慢嚼吧。」

見王月珍把最後一口饅頭送進了嘴裡，這個憋不住事兒的張雨荷滿面春風地說：「王團長，等回到城裡，允許我去你家玩玩嗎？」

「你有事找我嗎？現在就可以說。」

「我沒事兒！就是想認識你的兒子，聽說很優秀。」

王月珍大吃一驚！這個與自己作對，天不怕、地不怕的丫頭忽然找上門來，直言要認識洪曉軍，真是離奇到荒誕，荒誕到離奇！說什麼也不能讓這個又惡又瘋的張雨荷無理糾纏，便也開門見山：「這就不必了吧，他馬上就要畢業了。」

張雨荷夾了幾根鹹菜絲塞進嘴裡，若無其事地說：「你放心，我不是要找他做男朋友。我知道——他有了。」

「什麼叫『他有了』？」

「我爸是大右派，我媽可是好醫生，跟邱聞道同在一個醫院，是他告訴我媽，我媽又告訴了我。」

「告訴你什麼了？」王月珍心頭緊張起來。

張雨荷故意左右看了看，頗為神祕地說：「你的兒子和錢以賢的女兒是相好。全院上下都知道，是不是就瞞了你一個？」

見王月珍不吱聲，張雨荷更來勁了：「這不奇怪，因為你這個人太不近人情。辦事也毒，能逼出人命來。」

「你！」王月珍肺都氣炸了。

張雨荷起身，冷笑道：「你把我的鑑定寫得特差，我不怪你，也不恨你。反正回到城裡，我們井水不犯河水。但是對你的兒子和未來的兒媳可別這樣太不近人情。告訴你——他倆現在已經是一個人了。」甩出的最後一句猶如一把刀，直搗心窩：已經是一個人了，不就是睡在一起了嗎？

王月珍厲聲喝道：「你別胡說！」

「我幹嘛要胡說？是好心才對你講。王團長，我再囉嗦兩句。你看過《西廂記》嗎？

那個崔夫人刁難張生與崔鶯鶯，結果呢？兩人幽會又私奔。這個故事從唐人筆記小說到現在的舞臺演出流傳了千年。它表達了一個基本事實，那就是——任何時代對少男少女的愛情橫加阻攔的話，都會引起深深的苦惱和激烈的反抗。」張雨荷也不知從哪兒來的心氣，把話說得如水珠滾荷葉一般暢快圓滿。

返城路上，大家有說有笑，只有王月珍眼睛呆呆地望著窗外。

丈夫和兒子都沒在家，姚媽在準備晚飯。王月珍一隻腳還在門外，便把行李甩在地上。對姚媽說：「行李太髒，我放在門口了！給我沏杯茶。」說完，一頭扎進衛生間洗澡。收拾停當，王月珍把沒看的期刊雜誌都找出來，一邊喝茶、嗑瓜子，一邊翻看。其實，也沒心思讀文章。只等洪大力回來，好好跟他說說兒子的混帳事。嚴重的問題在於今後：曉軍與錢茵茵發展下去怎麼辦？而且很可能是「迅速發展」。當然，眼下最迫切的，就是審問兒子！他必須從實招來：兩人交往中誰主動？他們真的睡了嗎？在哪裡睡的？截止到今天，睡了多少次？這件事很醜——兒子還是個學生，那傢伙還沒長硬，就能找個女的幹起來！除了醜，還有惡，錢茵茵的家可算得是個罪惡之家。當年丈夫打仗、包括自己參軍在內，為的就是消滅蔣匪幫，現在竟然和蔣匪幫一家子攪和在一起。現實的嚴酷性還在於：

有了這麼個兒媳，兒子的政治前途肯定會受到影響，何況眼看就要面臨畢業分配。要是學校領導、共青團組織，掌握了他胡搞的事和胡搞的對象，那麻煩就大了。即使丈夫和自己親自出馬，也難以挽回敗局。搞不好，這事還會影響自己的工作。一個省級單位的人事處長一般都是由極為清白的人擔任。所謂極為清白，就是豎著三代、橫著三圈，在階級出身、社會關係、政治立場三個方面無任何瑕疵。現在冒出個錢茵茵，這下子要完蛋了——也許是更年期，王月珍想得越多、越細，就越生氣。

等到天黑，等來兒子。

「媽。你回來了。運動結束了吧，你還要下鄉嗎？」洪曉軍問。

兒子挺好的一句問話，母親聽來卻不怎麼好。於是，沒好氣兒地說：「怎麼，你是不是希望我再下鄉去？」

洪曉軍笑笑：「我不是這個意思。」說罷，把已經放下書包的又重新挎上。對姚媽說：

「我不吃晚飯了。」

「我回來了，你就走了。說說，你要去哪兒吃晚飯呀？」

「我回學校。」兒子說。

母親輕飄飄一句：「是去找錢茵茵吧？」

輕輕一句，重重地落在兒子心上。他也沒好氣兒地回答：「我就是去找錢茵茵。」

洪曉軍的回擊，勾出王月珍火氣。是追問、也是挑釁地問道：「你倆今晚睡哪兒啊？」

冷風割臉，冷語割心！

「媽！」曉軍雖然是在叫「媽」，但聲音之激越，分明是在表達著憤懣和抗議。只知道進攻的王月珍，從追問上升到審問：「說！你們都睡哪兒啦？」

「媽，你缺德不？」洪曉軍衝到母親跟前，舉起那喝了半杯熱茶狠狠砸到地上！「啪」的一聲，杯子「碎屍萬段」，茶水濺了王月珍一身。

這是第二次戰爭爆發！洪曉軍甩門衝了出去。

王月珍沒有叫姚媽動手，自己蹲在地上收拾殘局。她低著頭，一邊撿玻璃碴兒，一邊掉眼淚。今日返城，當是全家團聚。但頃刻間就像這杯子，全碎了。其實，母子間情感的激越與宣洩，自古不罕見。兒子在母親心裡是第一位的，兒子的上上下下、從小到大，都歸母親所有。可以說，一個女人可以毫無保留地疼愛，可以無所顧忌地擺布，可以無所畏懼地要求其忠誠的唯一男性，就是兒子。但是剛才的一陣狂飆，讓自己恍然大悟：即使是血親，彼此的心底原來還有敵視，有虧欠，有入骨的恨和說不出的愛。深極了！深到自己茫然不解，渾然不覺。

　　淚水似乎擦不乾，王月珍一向以為自己是堅強的，但在和兒子的較量中，她發現自己無非是嘴硬和擺出的一副架勢，剩下的全是脆弱。她感到了孤單，澈底的孤單，既在天地之間，也在家庭之內。

　　邱聞道查完病房，看看手錶，距離吃午飯還有一段時間。對錢茵茵說：「你到我的辦公室來一趟。」

　　錢茵茵進了門。邱聞道讓她坐下，笑著說：「我這裡有不錯的餅乾，要不要吃一點？」不等她開口，就從方形餅乾桶裡取出兩塊，一塊遞給錢茵茵，一塊塞進自己的嘴裡。

　　談話很快進入了主題。邱聞道問：「茵茵，我先表明立場——對你和洪曉軍戀愛我是澈底理解和完全支持的。」

　　「感謝邱主任。」

　　「你是不是和洪曉軍有了性關係？」

　　錢茵茵點點頭，垂下了眼簾。

　　邱聞道：「別難為情。這不是問題，也不是我找你談話的原因，別把我看成老頑固。年輕男女熱烈相愛，肉體的慾望有時候是很難克制的。」

錢茵茵把頭垂得更低了：「是我們不好。」

「你知道嗎？這事讓洪曉軍的母親王月珍知道了。她反對你們的戀愛，反對的唯一理由就是你的階級出身會影響兒子的個人前途，洪曉軍目前正面臨畢業分配。前幾天，王月珍通過關係徑直找到衛生廳，要求把你調離醫院，調離省城。」

「我不走！」錢茵茵一下子站起來，橫眉立目，情緒非常激動：「邱主任，不知老姑跟你說過沒有，多年來，命運從來不給我最想要的東西。因為父親的政治歷史問題，自己沒能入團。我也算是知好歹，從此不再考慮政治上進。別人考大學，依我的學習成績，讀醫學院基本沒問題。但是高考有政審，我放棄了，安心當護士。現在，又用這個該死的階級出身問題來干擾我的私生活。我什麼都可以放棄，但決不放棄感情。政治道路堵死了，專業道路堵死了，居然還要堵死我的生活道路嗎？再說這是我和曉軍之間的事情，與她王月珍什麼相干！」說到這裡，錢茵茵再也無法抑制很久的悲哀、委屈和痛苦，雙手捣臉，失聲痛哭。

「別哭，別哭！」邱聞道慌了手腳，掏出一方白手帕遞給她，說：「我已經跟衛生廳的人說了——錢茵茵是個非常出色的護士，有邱聞道在，錢茵茵哪兒也不去。」

「謝謝！謝謝！」錢茵茵什麼也顧不上了，撲在邱聞道的肩膀，又哭了起來。邱聞道說：「我準備單獨找洪大力談一次，做為一個家長不能這樣干涉子女的戀愛婚姻問題。王月珍做為一個人事幹部，也不能這樣干涉醫院的事務，太無理！在這件事情上，我是你的堅強後盾。」

「不，我是自己的堅強後盾。」

「好！有你這句話，我就放心了。但你還是要有所提防，容易受刺激的是那些沒有準備的人，特別是感情方面。」

「我可以辭職，退守在家，決不讓她迫害我。」錢茵茵很清楚了：面對的現實就是自己；所擁有的全部，也是她自己。

第十九節

時值盛夏，豔陽高懸，熱氣蒸騰，還有似雲非雲、似霧非霧的東西浮在半空。從早上起來，就感到憋氣，洪曉軍顧不上了，這些天忙進忙出，有三件事需要趕快辦好。一件是畢業分配；一件是清理學生宿舍的「家當」；一件事就是和錢茵茵登記結婚。第一件事，他心裡有了底，已經知道自己受到照顧，留校工作，在化學系實驗室。一向喜歡動手的他，對此很滿意。第二件事，他覺得很簡單，就是把該扔的都扔了。把該留的裝進箱子、打成行李，一齊拉回家。第三件事是洪曉軍最棘手的，也是最著急的。他有一種秉性上的狂熱，事情發展到現在，不狂熱也不行了。見母親激烈地反對和反覆鬧騰，特別是鬧到醫院，要求調離錢茵茵的工作，洪曉軍覺得必須「當機立斷」，必須「先斬後奏」，必須把「生米煮成熟飯」！有人說：愛情沒有是非，愛過後沒有輸贏。洪曉軍的愛情既有是非，更有輸贏。而他就是要論個「是非」，爭個「輸贏」。

他要和錢茵茵好好談談，這已經不是表明心跡，而是要定出結婚時間表。想來想去，決定再去郊外趙家。因為這是他倆相愛的地方！時間依然定在星期六，還是讓父親的司機接送。

錢茵茵爽快地答應了，因為她也有一肚子話要說。

已是村煙繚繞，鴉鵲歸林，好一幅閒適又溫暖的農舍黃昏情景。到了趙家門口，洪曉軍掏出一些零錢塞給司機，說：「你明天吃過午飯，就來接我們回城。」

跨進院子，趙氏夫婦就迎了出來。趙大叔說：「曉軍，你怎麼不事先招呼一聲？我也好準備點葷菜呀，現在只有西紅柿炒雞蛋了。」

洪曉軍說：「就吃西紅柿炒雞蛋。不過，我還從家裡拿了幾塊醬牛肉，夠咱們幾個吃了。」他望望四周，問：「鐵林呢？他沒在家嗎？」

「他去親戚家辦事，過兩天回來。要是你提前通知，他一定在家等你們。」

趙大嬸拉著錢茵茵的手，抑制不住地歡喜，說：「錢姑娘越來越漂亮了，我們曉軍真是有福氣，連我這個老太太看著都嫉妒。」

「大嬸，可別這麼說！」錢茵茵的臉紅了。

很快就擺了一桌，除了醬牛肉、西紅柿炒雞蛋以外，趙大嬸還做了炒土豆絲、涼拌黃瓜。主食是現成的饅頭，以及綠豆湯。

晚飯後，在院子裡乘涼，閒聊。很靜了，涼涼的小風一股一股地跨過院牆吹進來。風帶著樹林的溼氣，帶著莊稼成熟的香氣，吹進每個人的心裡。洪曉軍不禁嘆道：「鄉下可真好啊。」

兩個年輕人突然到此，趙大叔暗自琢磨：他們這一趟，肯定不是來玩的。索性直接問道：「曉軍，你們這次來我這裡是有什麼事情要辦？還是有什麼話要說？」

洪曉軍點點頭：「還是大叔厲害，我們是有事。」

「說吧。」趙大叔說：「我們能幫上忙，就一定幫忙。」

「二老接待我倆，就是幫忙了。」

「你們遇到什麼問題？」

「大叔，大嬸，我和錢茵茵是真心相愛，現在我已畢業，留校工作。我們準備中秋節結婚。」

趙大嬸扳起手指算起來：「好哇！還有兩、三個月的時間，來得及！你倆的家境都好，也用不著怎麼準備。」

洪曉軍說：「我們遇到的難處不是物質方面的，阻力來自我的母親。」

趙大叔皺起了眉：「錢姑娘天下難找，你母親沒理由反對呀。」

「唯一的理由，就是錢茵茵的家庭出身。父親是國民黨軍官，因為這個問題她沒能入團，也沒能考大學，安心當一名護士。也就是因為成了護士，才讓我有緣遇到她。」

趙大叔爽快地說：「這就跟鄉下貧農與地主的界限一樣，要搞得非常對立才好。但是只要你們本人態度堅決，我想，雙方家長再反對也沒用。」

洪曉軍詳細地講述了母親阻擾的種種態度和行動，趙大叔聽著，心情有些沉重。他覺得洪曉軍遇到的障礙絕不是「小二黑結婚」裡的三仙姑。坐在旁邊的趙大嬸見錢茵茵傷心的樣子，遂安慰道：「我是貧農，是新社會裡最好的成分。我認你做閨女！你們的喜事就在我家辦。現成的西屋就是你倆新房。今晚你們就可以住。」

「大嬸，乾媽！」錢茵茵熱淚盈眶。

多美的夏夜啊！星光在閃爍，遠處有蛙鳴，院子裡偶爾有嗡嗡作響的飛蟲掠過，四周的一切很快進入了黑暗。

西屋，床上鋪著乾淨的涼席，腳下是夾被。錢茵茵從背後抱著洪曉軍，頭搭在他的脖子上。這個姿勢保持了很久。

洪曉軍要轉身，錢茵茵按住他。說：「別動！就這樣多好！我還沒仔細看過你的後背呢！」說完，用三根手指沿著脊椎一點點向下移動，又按又捏，到了尾椎部位，洪曉軍實在忍不住了：「我們第一次的時候就說過，你太能挑逗男人，我受不了！」

「你以為我受得了你嗎？」

洪曉軍用命令的口氣說：「現在，你轉過身去，該我仔細看看你的後背了。」錢茵茵順從地側過身。

有翹臀，有腰窩，一個小小的後背似丘陵起伏，如此精緻，已然銷魂。「茵茵，我的寶貝，我的美人。」洪曉軍摟她，摸她，親她。突然，從後面「襲擊」錢茵茵的私處，要求她把臀部翹起來。

「哎唷，你要死了。」錢茵茵叫了起來。

「別叫，鄉下太靜，大叔大嬸聽得見。」

錢茵茵怨道：「你這樣弄我？」

「前後都一樣好啊！」

「不一樣啊，啊，啊——啊——」錢茵茵也隨之興奮起來。

洪曉軍緊貼身後，喘著氣，問：「茵茵，告訴我，怎麼『不一樣』了？滿意我嗎？」

「曉軍，我身體裡的每個細胞、每條血管、每根神經，都感受到你，充滿著你。就讓我今晚死去吧！」

男人征服女人就是征服世界；男人滿足女人等於滿足生命。此時，他在錢茵茵身上表現出來的青春的力量和男人的能力，就是自己生命價值的全部了。之後，他們赤身裸體，交頸而眠。

黑夜褪去，東方顯露一線光亮。忽然，睡覺一向警醒的趙大嬸聽見有人在用力叩門。她拍了拍老伴，說：「好像有人來了！」

趙大叔：「你聽錯了吧？」

「快起來！莫非洪曉軍的爹媽追到這兒來啦？」

趙大叔一骨碌從床上翻到地上，趿拉著鞋，對趙大嬸說：「你趕快叫醒他倆，我去應付洪家人。」

趙大叔慢條斯理地走到門口，有氣無力地問：「大清早的，找誰呀？」

趙氏夫婦沒猜錯，來者正是王月珍。自從家庭成為感情的戰場，洪大力變得越來越寡言，王月珍則變得越來越倔強。她是從洪大力的司機那裡得到「情報」的，怒不可遏！不為「拿賊拿贓、捉姦捉雙」，而是要出口惡氣！說來也怪，自從洪曉軍有了戀情，她就沒有快樂過！兒子晚上不在身邊，就覺得生活越出了常軌；兒子與錢茵茵的情人關係，則成為自己的創痛。更重要的是錢茵茵不配！從出身到職業，都不配。

頭頂有晨星，窗外有曉風。王月珍在奔赴郊外的路上，心情很不好，內心雖然堅定，但有一種找不到歸途的悲哀。她甚至覺得那風似在哀泣，那星似在憑弔，不由自主地闔上了眼。恍惚之間，從雲端緩步走來一個衣衫襤褸的影子，枯瘦的大手遮住面容，冷冷地說：「王團長，你不喜歡錢茵茵，別像逼我那樣逼她。我今天就把人帶走。」說完把手挪開，那是一張鐵青的臉——王月珍認出來了：唐會計。

王月珍嚇醒，原來是幻覺。

第二十節

趙大叔剛取下門閂，王月珍就闖了進來。到了院子即問：「曉軍睡在哪兒？我是他媽。」

趙大叔朝西邊撇了一眼。王月珍朝西屋走去，正待推門，洪曉軍穿著褲衩背心出來了，平靜地問：「媽，你來幹什麼？」

「我來看看你們的夫妻生活。」

洪曉軍「把」著門，說：「她還在睡覺。」

王月珍雙手用力，將兒子推開。洪曉軍跟在身後，提高了嗓門，說：「茵茵，我媽來了。」

進了西屋，只見錢茵茵裹著夾被坐在床沿，臉色煞白，渾身哆嗦。

王月珍見狀，伸手狠狠搧了她兩個耳光，罵道：「國民黨小姐，你睡好了嗎？」接著一把扯下錢茵茵裹著的夾被，露出雪白的肩膀和一隻乳房。這是對一個女人最瘋狂的侮辱，錢茵茵頓時陷入了慌亂！驚魂之下，已是心力交瘁。她乞求的眼神盯著洪曉軍。

「王月珍！」洪曉軍大吼，心膽俱裂。

兒子不叫「媽」了，不叫「媽」了！王月珍大駭，但她必須克制住自己，必須把早已準備好的話說出來：「錢茵茵，我馬上就會把今天的事告訴醫院領導，以後你就不用上班了，回家安心伺候國民黨中校吧！曉軍，我也跟你爸說好了，立即送你參軍，上前線打仗，現在越南戰事正緊張。」說完轉身出門，揚長而去。

侮辱夠了，發洩夠了，她坐進丈夫的小轎車，眼淚奪眶而出。太多的心酸，太多的風塵，人突然就老了。

洪水席捲後剩下一片沙礫，一切都不再是原來的樣子了！洪曉軍縱身跳到床上，雙膝跪下，緊緊摟住泣不成聲的錢茵茵，反覆地說：「我對不住你，你打我吧。」

錢茵茵竭力修復自己，把蓬亂的頭髮攏到腦後。說：「你快去看大叔大嬸，我穿好衣服也去北屋。我們吃過早飯就回城。」

太陽射出道道金光，晴朗的天空沒有一絲雲彩。趙大嬸在準備早飯，趙大叔聽完洪曉軍講述剛才發生的一幕，氣得直搖頭，憋了半天，說了一句：「曉軍，依我看，茵茵過不了你母親那一關。」

「為了她，我寧願失去母親。」

趙大叔瞪了他一眼，說：「你在氣頭上，別說胡話。」

「不是胡話。」

錢茵茵進了北屋，熱情地招呼趙大叔。吃早飯的時候，還對趙大嬸的烙餅讚不絕口，似乎那場針對自己的風暴根本就沒有發生。蒼白的臉彷彿有一點點憂傷，又像帶著一點點微笑，一切都介乎有與沒有之間。這樣的神態讓趙大叔難以捉摸，也讓洪曉軍恐懼。

錢茵茵把碗筷放下，向趙大嬸道謝。接著就問：「我們怎麼回城？」

趙大叔說：「這裡有公共汽車，每隔兩個小時一趟，從早晨七點開始，九點，十一點，下午一點，三點，一共五趟。」

錢茵茵說：「曉軍，我們就坐九點那一趟吧？」

洪曉軍點頭，說：「好！」

「車站離咱們家不遠，走個十來分鐘就到了。一會兒我送你們。」趙大叔不敢挽留，他感到空氣裡有種徘徊不去的沉重和恐怖。

錢茵茵說：「大叔不用送，我們自己走，以後我倆會常來。」

此言一出，見他們驚愕的表情，錢茵茵笑著說：「大嬸不是我乾媽嘛！我當然要常來啦，曉軍，你說對不對呀？」

「對，對。」

吃完飯，道了謝，上了路。洪曉軍和錢茵茵堅決不要趙大叔送站，趙大叔覺得他倆一定有許多私房話要講，自己陪在一邊也是不便，於是，用手指著不遠處的一條小河，說：「你們順著河沿走上十幾分鐘，就到了。」分手時，對洪曉軍說：「你要好好照顧錢姑娘。」

「是。我對茵茵是鐵了心的。」

「那就好！」

藍天岑寂，白雲無心。小河水聲低潺，蜿蜒穿梭而去。遠處有個人在吆喝他的牛。天氣灼熱，人站著都要出汗。還好，離車站幾步有一棵老楊樹，他倆移到樹蔭下等候公共汽車。

洪曉軍拉著錢茵茵的手，深情地說：「換成任何一個姑娘，遇到像我母親這樣的人都會哭鬧，甚至會和我翻臉。茵茵，你從哪裡來的涵養？是仙女下凡嗎？」

錢茵茵說：「長期處在打擊之下的生活和心情，一個外人是很難體會的。我有自己的態度，以後會告訴你。」洪曉軍想追問下去，又怕引起傷感，忍住了。錢茵茵凝望小河流水，覺得這條小河彎曲細長，蜿蜒周折，最後消失在不知道的地方。這很像自己與洪曉軍的愛情，看得到希望、也看不到希望。

正午時分，他倆到了彎弓巷，巷子裡空無一人。錢茵茵說什麼也不讓洪曉軍家門：「我真的累了。」說著，緊緊勾住洪曉軍，吻他，很久。

進了家門，錢茵茵叫了聲：「爸爸，媽媽，老姑，我回來了。」眼淚就流了出來。

經驗告訴錢以智和錢以賢夫婦，茵茵和洪曉軍的關係出了問題。在聽了錢茵茵的哭訴之後，三個人都傻掉了！竟然是這樣，居然是這樣！

「你要不要躺一下，或者睡一覺？」

「我睡不著。」

「那好，我們坐下說說話。」

錢以賢內心沉痛萬分，也恐懼萬分，他立即想到了唐會計，覺得女兒和洪曉軍的戀愛關係如果繼續保持和發展下去，其後果很可能要出大問題。於是，怯怯地問：「曉軍這樣地好，他的母親又如此之差。茵茵，你準備怎麼辦？」

錢茵茵神色悲戚，說：「像我這樣的出身，許多事是無法抗拒的。但是我可以走另外一條路活下去！我想好了，主意也定了。爸爸，我不會和曉軍結婚，因為我嫁到洪家，他母親不是把我逼死，就是逼瘋。我會和曉軍永遠相愛。不僅相愛，我還要生個孩子。以後，我單獨帶著孩子過。至於工作，我準備到咱們街道醫院工作，而且離家更近，更有機會照顧你們。」

三個長者聽了，一時不知該說些什麼為好。錢以智像是自語，道：「戀愛是一場勞役，未必能收穫婚姻，而婚姻也不一定是最好的結果。」

錢茵茵問：「老姑，你說什麼才是最好的結果？」

「男女彼此深深相愛，永遠相愛，就是最好。其他都是錦上添花。」

錢茵茵眼淚汪汪地說：「老姑說的是。但我還是放不下，捨不得。」

姪女的話，令錢以智非常難過，不禁嘆道：「黃土可以掩埋死者，但是吞沒不了情人的腳印。」

「老姑，我懂得珍惜。」

「茵茵，我還要告訴你——人生還有許多值得珍惜，沒有什麼是唯一的。」

「不，他是我的唯一。」

錢以賢呆坐在那裡。過去的幾十年像水一樣地流走，像雲一樣地飄走。留下的是廢墟，自己也是廢墟。

數日後，洪曉軍收到錢茵茵的一封信，是寄到化學系實驗室。信裡這樣寫道——

曉軍：

生生世世，綿綿無盡，我們的愛情是永恆的，但我和洪家的「拔河」到了終點，你就是那根雙方爭搶的繩子。一切都無需解釋，也無需和解。我甚至不埋怨你母親，因為這不是她的個人問題。她背後的力量太強大了。這個力量占據著制高點，所有東西、包括我的生命在內，都渺小無力。從讀初中發生入團被拒的事情那個時候起，我內心的恐懼就遠遠超過了對社會的憤怒。為爭得一點點所謂的幸福，而弄得遍體鱗傷。

我在醫院目睹了許多死亡，人到了最後的時刻，所有的人都一樣，想到這裡，又平靜下來。如今，我的生命已經被簡化到「只想活著」，對這個塵世也已簡單到「一無所求」。其實，並非一無所求，我要求你的愛，需要你的愛！讓我們繼續相愛，繼續幽會。讓「你從我的身體裡進去，讓我們的孩子從裡面出來。」

以後，我就和孩子過，我和孩子單獨過！曉軍，鄭重告訴你——我不能和你結婚，因為進了洪家門，我會被逼死，逼病，逼瘋。當然，我也不會和別的男人戀愛結婚，因為我是你的女人。就這樣了，一輩子！

就算我和我的家人是陽光下的灰塵，也不可以踩了又踩。什麼時候上帝能寬恕我們，給社會帶來慈悲，也許就是每個家庭團圓的日子。這就是我的立場和態度。

我們有路可走嗎？如果有，請告訴我，這條路在哪裡，又通向何方？也許，愛情就是淪陷，誰也不能救誰，也無法自救。

一個幸福至死又絕望至死的女人

一旦愛入骨髓，就能在普通的語言裡發現生死的意義。洪曉軍無數次地讀著，覺得信上的每個字，都滴著錢茵茵絕望的淚。他的胸口好像被人撕裂，熱血噴湧而出。當初錢茵看他的那封求愛信，是何等靜好！手手相握，心心相通，以為到了海上蓬萊。誰知沒到一年，便是淒厲的絕別。洪曉軍不容許眼睜睜看著一個心愛的女人的青春於瞬間從綻放到枯死。他有一種渴血的慾望，一陣陣痙攣掠過全身，已經到了失重的狀態。莫非愛情真的要把人折磨到死嗎？

傍晚，洪曉軍和王月珍坐在客廳。自從「趙家捉姦」的事情發生後，母子就再也沒有坐在一起了。洪曉軍在學校吃過晚飯，要逗留到很晚才回家。回來也是直奔寢室，把門插上。夕陽變得很紅、很紅，分外美麗。夕陽是短暫的，它在天邊一點點沉落下去。斜陽大概知道自己大限在即，它最後拋給人們的光芒，也最刺目。

王月珍有些高興，以為「峰迴路轉」了。洪曉軍先開口：「還是結婚的事，我要和錢茵茵盡快辦理結婚手續。」

「是不是你把她的肚子搞大了？」王月珍直接問道。

洪曉軍的手掌猛擊茶几，指間有血滴流出。說：「王月珍，告訴你，我們就是想把肚子搞大！你能怎麼樣？」

這是懸崖絕壁前的攤牌，愛受到極端打擊的時候，人就學著去恨。而誰能沒有恨？母親說：「洪曉軍，我也告訴你，這是你死我活的鬥爭，和階級鬥爭沒什麼兩樣。除非我死了，她別想進洪家門。也別想用生個孩子來『拿捏』我，那叫私生子。我不承認。」王月珍說這話的時候或許不知道：對於一個具有正常傾向的男人來說，最大的傷害莫過於傷害了他的婚姻。

從前，洪曉軍愛母親，以整個的身心；現在，洪曉軍恨母親，以全部的生命。人被逼到死角，只有進攻了——讓一個人消失，另一個人才能重生。

煞尾

恰逢中秋，洪大力要在這個時候出差數日。

走的那天，兒子特意請假，送父親上火車。洪大力很有些納悶：曉軍從來沒這樣過？也許是為了婚事，爭取自己的同情和支持吧。其實，洪大力是有同情心的，但是在強調階級路線的當下，兩家的差異實在太大了，幾乎是對立的。所以他也不大贊成。一有衝突，他便採取了沉默。洪大力哪裡知道，兒子送行，不是為了爭取同情，而是與父訣別。

出差的最後一天了。中午，洪大力和下屬在招待所用餐完畢，正待起身。忽然，省公安廳的一個處長帶著一個科員和一名護士來到跟前。用最低沉的聲音，告訴一個最沉痛的消息：「洪廳長，昨夜你的兒子洪曉軍用自製的炸藥把你的妻子王月珍同志炸傷，緊急送到醫院，搶救無效，今晨死亡。洪曉軍已投案自首，關押在省公安廳看守所。他的女友錢茵茵也被拘留。」

愛情可以讓人上天堂；愛情可以讓人下地獄。不幸的是，他們得到的是後者。

洪大力返回省城。他沒有回家，而是直接住進了醫院。在病房見到邱聞道，兩個人緊緊握手，默默流淚。

案情簡單，而判決一拖再拖。原因有二：一，洪大力對公安廳廳長說：「我希望洪曉軍犧牲在戰場，而不是刑場。我們不是正在出兵援助越南嗎？」他的話不得不考慮。二，洪曉軍說「弒母」是自己幹的，沒人知道。錢茵茵則一口咬定，自己是知道的，沒有制止。

一年後，洪大力心力衰竭而亡。死後，立即結案。洪曉軍判處死刑，執行前問他：「你有什麼話說？」

答：「告訴茵茵，我唯一的遺憾是沒讓她懷上孩子。」

錢茵茵被判處有期徒刑十年。

生活可以忍受，生活還可以隨時結束。之後是洶湧而來的歲月，「文革」爆發，史無前例。紅衛兵、造反派把錢家從人間澈底剷除：從三條人命到錢家宅院。錢以賢夫婦斃命街頭，死得最慘的是激烈反抗的錢以智，一口牙被鉗子生生拔掉。那個一直替父翻案的張雨荷以現行反革命罪逮捕。這樣，才有了故事開頭二人相遇「梨樹坪」。

獄中，張雨荷和錢茵茵有時收到包裹，裡面無非是些吃的和日用品。給張雨荷寄東西的是她的母親，錢茵茵包裹的落款人是邱鐵林。誰是邱鐵林？錢茵茵判定那是邱聞道與趙鐵林的合成。

邱鐵林還安葬了錢家人，就在離趙家宅院不遠的山坡上。

獄中女囚，人人都是失家孤客。冬季又臨，枯萎的樹葉勇敢地向下墜落，天地間一片虛空。

二〇一四秋——二〇一五春，寫於北京守愚齋

青春，勇敢地向下墜落

——《錢氏女》後記

「冬季又臨，枯萎的樹葉勇敢地向下墜落，天地間一片虛空。」——這是小說《錢氏女》煞尾的最後一句。寫完這句，我長出一口氣，關上電腦，閉上眼睛。

小說的情節再簡單不過，就是少男少女的因出身不對稱而發生的一場愛情悲劇。但我寫得辛苦，不足六萬字，足足拖了一年多（其間患病）。換上年輕作者或網絡寫手，一天碼一萬，一週就「齊活兒」了。

寫錢、洪的戀情，融入了自己的許多感受和感情，常常眼裡湧出淚水，覺得自己又回到從前。我的出身極壞，本人表現又極差。在階級陣線分明、階級鬥爭激烈的時期，你想找個朋友？還想找個男朋友？做夢去吧！根本沒人搭理你。我實在太臭了，任何一個男人也不會找個臭女人。可能有讀者從我所寫的「往事」裡，看出我與父母的感情很深。沒錯，全社會都在嫌棄我們，整個政權都在壓迫我們，一家人還不緊緊相擁在一起嗎？之所以寫得苦，是因為有痛。數十年的經歷，讓我深刻體會到：人生之大哀、大苦，是心無所駐，情無所傾。現在的人要啥有啥，這種「無所駐、無所傾」的哀傷，恐怕很難體會了。

錢茵茵因為階級成分和父輩政治歷史問題，放棄了原本屬於自己的生活內容，一再退避。而那時極其強硬的政治路線和國家政策，絕不會因為你的退避而手軟。一旦遇到某個事件，政治風浪與社會勢力迅速糾結，立即會以殘酷的方式對你進行致命傷害和打擊。它的慘烈程度，往往因其平靜的外表而愈顯其烈度。錢茵茵遭遇到的一場人生意外，就是與洪曉軍的熾熱愛情。這一回，她不準備讓步了。不讓步的結果就是自取滅亡，直至以「滿門抄斬」收場。這個真實的故事拿到今天來講述，的確讓人感到有些老套、陳舊。現在，階級出身不再是愛情的障礙，貧富差距上升為情場「第一殺手」。事實表明：無論是從前的「政治分野」，還是當下的「金錢溝壑」，都在以千姿百態和千奇百怪的方式，生動演繹著中國式的戀愛婚姻和兩性之間的故事。現代婚姻不比古代家庭問題少，自由戀愛要比包辦婚姻麻煩多——這是我的看法，也許錯了。

小說裡，我兩次描寫了洪曉軍與錢茵茵性行為，多少有些「色」。之所以如此，無非是想告訴人們：性是愛情與婚姻的重要理由。性事是生理的需要，更是本能的宣洩，男女間的性愛的強烈和持久程度極其驚人！「僅僅為了彼此結合，雙方甘願冒很大的危險，直至拿出生命孤注一擲。」（恩格斯語引自《馬克思恩格斯選集》第四卷，第七十三頁）所以從人本角度來看，人類的性與愛，不僅不低俗，而是很崇高的。過去，我們一直認為只有政治事件，經濟發展，文化建設才是重要的、美好的社會事物。其實，個人的慾望、性行為的快樂也是同樣重要和美好的。

從《劉氏女》到《錢氏女》，四篇小說裡屬於虛構的部分極少，幾乎沒有虛構。理由很簡單——曲折的人生經歷和複雜的社會關係，讓肚子裡裝滿了人與事。這輩子都寫不完，何須挖空心思去杜撰？關鍵僅僅在於如何把生活中的人與事，以文學方式呈現出來。《錢氏女》裡的主要人物和基本情節都是有原型的，有的犯罪事實原本就很激烈、生動。即使那個給臺灣的前夫寫信而被捕的翟翠娥，也是確有其人。她本姓周，刑期十二年。她刑滿出獄，我還在服刑。出獄的前一天，周女士徹夜無眠，熱烈憧憬刑滿後的新生活。回到社會才猛然發現：所有人都不歡迎她的「歸來」！其中包括至愛親朋。無處不在的戒備、敵視、嫌棄讓她痛苦不堪，覺得活在這樣的社會，與坐牢無異。最受不了的是親生女兒，根本不正眼看自己，眼睛裡充斥著冷漠和鄙薄。左思右想，她選擇了自縊。消息傳到監獄，女囚都哭了，算來她出獄剛滿一年。

什麼叫命運？那些你不知道的，就是命運！我的小說，就是寫你不知道的事情。

北京守愚齋，二〇一五年四月

新人間 254

錢氏女

作　者—章詒和
主　編—李國祥
企　劃—葉蘭芳
排　版—時報出版美術製作中心

總編輯—李采洪
發行人—趙政岷
出版者—時報文化出版企業股份有限公司
10803臺北市和平西路三段二四〇號三樓
發行專線—（〇二）二三〇六—六八四二
讀者服務專線—〇八〇〇—二三一—七〇五
（〇二）二三〇四—七一〇三
讀者服務傳真—（〇二）二三〇四—六八五八
郵撥—一九三四四七二四時報文化出版公司
信箱—臺北郵政七九～九九信箱
時報悅讀網—http://www.readingtimes.com.tw
電子郵箱—genre@readingtimes.com.tw
法律顧問—理律法律事務所　陳長文律師、李念祖律師
印　刷—勁達印刷有限公司
初版一刷—二〇一五年十月二日
初版二刷—二〇一八年八月三十一日
定價—新臺幣二二〇元
（缺頁或破損的書，請寄回更換）

時報文化出版公司成立於一九七五年，
並於一九九九年股票上櫃公開發行，於二〇〇八年脫離中時集團非屬旺中，
以「尊重智慧與創意的文化事業」為信念。

錢氏女 / 章詒和著 -- 初版.
-- 臺北市 : 時報文化, 2015.10

面；　公分 --（新人間 ; 254）

ISBN 978-957-13-6417-9（平裝）

857.7　　104018807

ISBN 978-957-13-6417-9
Printed in Taiwan